LE COMTE

DE VILLAMAYOR,

OU

L'ESPAGNE

SOUS CHARLES-QUATRE.

Par M. Mortonval.

TOME V.

PARIS.

AMBROISE DUPONT ET RORET, QUAI DES AUGUSTINS, N° 37;
HENRI JEANNIN RUE VIVIENNE, N° 8;
ROUSSEAU, RUE DE RICHELIEU, N° 107.

1825.

LE COMTE

DE VILLAMAYOR.

1668

IMPRIMERIE DE H. FOURNIHR,

RUE DE SEINE, N⁰ 12.

LE COMTE
DE VILLAMAYOR,

OU

L'ESPAGNE

Sous Charles = Quatre.

Par M. Mortonval.

TOME V.

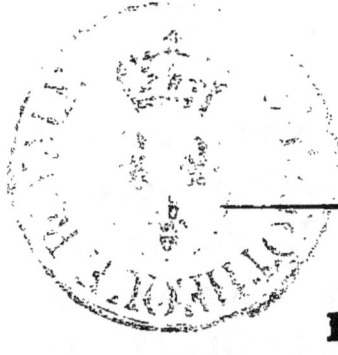

Guarde para seu regalo
Esta sentencia un autor :
Si el sabio no aprueba , malo ,
Si el necio aplaude , peor.

PARIS.

A DUPONT ET RORET, LIBRAIRES,

QUAI DES AUGUSTINS, Nº 37.

1825.

LE COMTE
DE VILLAMAYOR.

CHAPITRE I.

Natis in usum lætitiæ scyphis
Pugnare Thracum est.

HORACE.

La coupe est, mes amis, la reine des festins ;
C'est l'arme de la joie et non pas des querelles ;
N'imitez pas le Thrace et ses fureurs cruelles.
. . . .
Voulez-vous que d'un vin fumeux
Je trouble à mon tour ma cervelle ?
Que mon voisin nomme la belle
Qui l'a blessé d'un trait heureux ?

Traduction du comte DARU.

La justice du ciel se plaît parfois à forcer les méchans de servir eux-mêmes d'instrument à leur perte. En conduisant la vile intrigue dont les exemples se renouvelèrent depuis si souvent à la cour d'Espagne, au grand scandale de toutes les classes de la société, Perez était bien loin de croire qu'il creusait sous ses pas un abîme. Tout semblait au contraire

favoriser ses desseins pervers. Admis dès
le lendemain à l'audience du favori, il y
fut présenté par don Juan, sous le non
de don Mariano, comte de Villamayo·.
Le duc lui témoigna publiquement le plus
vif intérêt, en apprenant la nouvelle de
son mariage avec Térésa, et chargea don
Juan de ses complimens particuliers pour
le comte et la comtesse de Mansilla à l'cc-
casion de cette alliance.

Perez, dans la crainte de laisser refroidir
de si bonnes dispositions, décida don Juan
à venir le jour même à Ségovie; et pour
donner le plus d'éclat possible à cette
démarche, il entraîna, de Saint-Ildefonse,
plusieurs des jeunes gens les plus brillans de la cour. Attirés à Ségovie par
l'appât d'une petite fête clandestine préparée au Parador grâce aux soins du
fidèle Andrès, ils avaient promis de
servir d'abord de cortége à don Juan
dans la visite d'apparat qu'il devait faire
à l'hôtel de Mansilla de la part du duc de
la Alcudia. Perez avait eu soin d'en pré-

venir le comte par un courrier expédié
quelques heures à l'avance, en sorte qu'à
leur arrivée tout était préparé pour une
réception solennelle. Don Juan, le plus
futile des hommes, s'amusait de tout ce
tracas comme d'une intrigue de comédie. Il se figurait que le comte, indigné
de l'audace de Perez, déclinerait hautement l'autorité du duc en matière d'al-
liances et de mariages. Dans l'impossibilité d'alléguer les véritables raisons de
son union avec Térésa, l'intrigant s'était
vanté d'avoir inspiré à cette jeune personne une passion vive et subite ; il prétendait, en l'épousant, céder aux instances de la famille et se rendre aux vœux
de Térésa. Cette explication ridicule avait
mis les jeunes gens en défiance des dispositions du comte à l'égard de Perez; ils s'attendaient comme don Juan à une scène
bouffonne. Tous enfin se promettaient de
rire aux dépens du présomptueux Villamayor, et de faire de cette mystification
le plus grand divertissement de la fête

qu'il leur avait préparée à grands frais.

Aussi leur surprise fut-elle extrême à la vue de l'accueil cordial que Mansilla fit en leur présence au prétendu don Mariano. Le comte reçut avec déférence les complimens du duc, et déclara que la mort du père adoptif de don Matias, le vieux duc de Berwick, le dégageait de la parole donnée à ce jeune homme. En effet on venait de recevoir la nouvelle que le respectable vieillard avait été frappé subitement du coup mortel à Séville, sans avoir fait de dispositions testamentaires pour assurer l'exécution des engagemens contractés verbalement par lui en faveur du mariage de don Matias et de Térésa. Le comte termina en déclarant qu'il irait supplier le duc de la Alcudia d'obtenir l'agrément de Leurs Majestés en faveur de la double alliance projetée pour le plus grand avantage de deux nobles maisons.

On se figurerait difficilement l'impertinente satisfaction qui éclata sur le visage de Pérez, et l'étonnement presque stupide qui se peignit sur celui des courtisans. Don Juan, surtout, qui avait monté son esprit léger sur le ton badin et railleur, ne trouvant pas une parole sérieuse à répondre, resta comme pétrifié pendant quelques momens.

— La joie le rend muet, dit Pérez ; vous voyez, mon cher Mansilla, quel intérêt don Juan prend à mon bonheur. Mais son affection ne se borne pas à de vaines démonstrations ; il veut, autant qu'il est en lui, vous dédommager de la perte d'un ami aussi puissant que le duc de Berwick, et il m'a juré par l'honneur et par l'amitié que son frère le duc de Hijar vous présenterait lui-même au roi pour remplacer le comte de Torrecuellar dans le conseil royal des ordres, qu'il préside.

Don Juan n'était pas encore revenu de sa surprise, et ce trait à bout portant acheva de le confondre. Les jeunes gens savaient que rien n'était plus faux que

l'assertion de Perez, mais ils prirent
plaisir à la confirmer, pour augmenter le
trouble de don Juan, dont ils s'amusaient
intérieurement ; et lui-même, entraîné,
répondit aux remercîmens du comte
par la promesse de s'employer en effet à
lui faire obtenir cette faveur. Tous ces
écervelés, résolus de ne pas perdre le
plaisir qu'ils s'étaient promis aux dépens
d'une victime quelconque, et joyeux
d'immoler une fois à leurs plaisanteries
ce don Juan toujours armé contre eux des
traits les plus piquans, se plurent à le
pousser vivement dans cette occasion.
Feignant à l'envi un grand attachement
pour Mansilla, qu'ils voyaient pour la première fois, mais de l'air le plus naturel
et d'un ton convenable à leur rang élevé,
ils exigèrent que don Juan engageât sa
parole de gentilhomme d'en parler le
jour même au favori, en le suppliant
d'intéresser la reine à cette demande.

Don Juan céda de bonne grâce ; il prit
d'un ton sérieux l'engagement qu'on lui

dictait; et Perez, poursuivant sa victoire avec ardeur, pour n'en perdre aucun avantage, tendit affectueusement la main à l'un des jeunes gens, et s'adressant à Mansilla :

—Mon cher comte, lui dit-il, remercions surtout de ce succès don Alfonso de los Rios, que je vous présente comme le plus aimable des hommes de la cour; neveu du cardinal patriarche des Indes, il est des plus familiers dans la maison de la comtesse de Priégo, dont l'empire est connu sur l'esprit de ce respectable prélat, chancelier-né de l'ordre de Charles III. La comtesse ne sait rien refuser à son jeune et charmant cousin don Alfonso, et Son Éminence n'a jamais su dire non à l'adorable comtesse; eh bien, ce cher don Alfonso nous déclarait tout à l'heure qu'il ne laisserait aucun repos à sa belle parente, qu'elle n'ait résolu le cardinal à demander le grand cordon de l'ordre pour vous.

—C'est la vérité, dit gravement don Juan

charmé de cette occasion de détourner
sur un autre les coups dont il était jusque-là le seul but; et les jeunes fous, suivant avec plaisir cette nouvelle direction,
appuyèrent aussi de leur témoignage le
récit de Perez, et forcèrent Alfonso à
prêter le même serment que don Juan.
Le comte, enivré de joie, les accablait
de caresses et de remercîmens.

— Ce n'est pas tout, reprit Perez en of-
frant la main au plus jeune d'entre eux,
qu'il conduisit devant la comtesse; segnora, lui dit-il, don Diego de la Cerda,
neveu de l'excellentissime seigneur duc
de Medina Celi, n'avait pas encore eu
l'honneur de mettre ses hommages à vos
pieds; il n'est sorti que depuis peu de
mois de l'université. Mais, en dépit de
ses dix-sept ans, il n'est pas sans crédit
à la cour, et vous demande la permission
de s'employer pour faire placer votre
nom sur la liste des dames nobles auxquelles la reine doit accorder à la pre-

mière promotion le cordon de l'ordre de *Marie-Louise.* En effet, ségnora, l'on n'ignore plus que l'idée de cette institution est due à la duchesse douairière de Santistevan, et cette vénérable dame, malgré son très-grand âge, a su démêler sous les traits enfantins de don Diégo une raison mûre, un esprit sage et solide qu'elle se plaît à cultiver, et qu'elle ne dédaigne pas de consulter souvent.

La comtesse, simple et bonne, répondit par quelques mots de politesse insignifians à ce compliment qui l'embarrassait; mais don Juan, qui avait repris sa liberté d'esprit et sa gaîté, soutint vivement l'impertinence de Perez, et contraignit le jeune homme décontenancé à promettre qu'il redoublerait d'assiduités et de soins auprès de l'antique douairière de Santistevan, afin de la déterminer à faire valoir les droits de la comtesse à cette faveur de la reine.

Térésa n'avait point paru au salon. Le

comte prétexta une légère indisposition de sa fille qui la privait d'être présente à la visite dont venait d'être honorée la famille; mais il donna l'assurance qu'elle aiderait le soir la comtesse à recevoir don Mariano et ses amis à un goûter sans façon auquel il les invitait.

Perez, au contraire, insista pour que le comte et la comtesse vinssent avec Térésa et Fernando compléter une fête de famille qu'il donnait à sa mère pour célébrer leur réunion. Il s'excusa beaucoup d'avoir été réduit à désigner le Parador pour lieu de cette entrevue, n'ayant pas encore eu le temps de choisir et de meubler convenablement un hôtel pour sa mère. Mansilla trouva cette raison fort bonne, et accepta pour toute sa maison.

Tandis que don Juan et les jeunes gens s'empressaient autour de la comtesse, qui les interrogeait avec grâce sur leurs familles, dont elle était connue et aimée, Perez, profitant de l'espèce d'ivresse du comte de Mansilla, le prit à part pour

causer de leurs affaires particulières. Il fit
d'abord valoir à ses yeux l'éclat et la so-
lidité de ses relations à la cour ; puis il
lui confia que, dans une audience particulière, ayant entretenu plus d'une
heure le duc de la Alcudia très-familière-
ment, il l'avait trouvé favorable à tous
ses intérêts. Le duc s'était offert à lui prêter son appui, disait-il, pour obtenir la
restitution des biens usurpés sur lui par
un collatéral avide. Le succès de cette
affaire majeure exigeait impérieuse-
ment qu'il allât dès le lendemain à Madrid ; en conséquence, il priait le comte
de faire dresser immédiatement le contrat de mariage, qui serait signé dans le
cours de la journée suivante ; il recevrait
alors le montant de la dot en une res-
cription sur la banque de Saint-Charles,
et partirait ensuite pour Madrid, où il
passerait deux jours, afin de mettre en
mouvement la grande affaire du recou-
vrement de ses biens. Perez remit en
même temps au comte les titres origi-

naux qu'il tenait de Béatrix, et qui éta-
blissaient d'une manière incontestable
les droits du vrai Mariano. Il pria Mansilla de les lire et de les faire examiner ;
la liste des propriétés de la maison Villamayor y était comprise, afin de servir de
base au contrat. Enfin, ces documens
réunissaient, au plus haut degré, tous les
caractères de vérité et d'authenticité. Le
comte les garda d'après la demande ins-
tante de Perez, qui le pressa de réunir
sans délai ses gens d'affaire pour soumet-
tre ces actes à leur vérification.

Le projet de l'intrigant était de partir
de Madrid pour le Portugal, et toutes ses
dispositions avaient été prises à l'avance
pour assurer le succès de ce plan; les
deux millions de réaux (environ 500,000
francs), montant de la dot de Térésa,
devaient être convertis en valeurs à vue
sur Londres et Lisbonne. Tout marchait
sans efforts vers le dénouement auquel
ses agens les plus intimes concouraient
sans le savoir. Le comte lui promit de se

conformer à ses intentions, qu'il approu-
vait, et Perez, enchanté de son futur beau-
père, triomphant au milieu de son brillant cortège, prit la route du Parador,
où l'attendait un repas somptueux dont
les apprêts avaient été dirigés par Andrès.

L'intelligent valet y travaillait encore,
entouré de cuisiniers et d'officiers d'un
talent éprouvé, et amenés par lui de
Saint-Ildefonse. Par ses soins, les salles immenses et nues du premier étage
de l'antique auberge étaient tapissées de
tentures de soie cramoisie, ornées de
franges et de crépines d'or. De petits
baldaquins dorés couronnaient les fenêtres et les portes, drapées de beaux
rideaux de la même étoffe. Partout d'é-
normes lustres de cristal étaient suspendus aux plafonds, et l'on voyait appli-
quées sur les murs, en forme de girando-
les, une multitude de petites glaces portant chacune deux bougies. Enfin, les
briques disjointes et à moitié brisées

qui formaient le plancher avaient été re-
couvertes de nattes superfines d'une spar-
terie délicate, jaune, à dessins rouges
et verts; de longs sophas, de lourds fauteuils en bois dorés et de damas cra-
moisi, complétaient l'ameublement im-
promptu de ce palais enchanté.

Andrès avait porté, de la part de son
maître, des invitations pressantes à toutes
les personnes distinguées de la ville, et
lui remit à son retour les acceptations de
ces nombreux gentilshommes et de ces
belles dames empressées de connaître la
famille Villamayor, objet actuel de tous les
entretiens. Dona Isabel et Eléna, que la
comtesse était allée visiter à leur couvent,
avaient consenti à recevoir Fernando,
et accepté avec joie l'occasion de se réunir aux Mansilla, le soir, à la fête du prétendu comte de Villamayor. Toute cette
noble et pesante réunion de provinciaux
n'offrait qu'un faible intérêt à la jeunesse
évaporée qui était venue sur les pas de
don Juan dans le dessein de s'amuser

aux dépens de Perez, et de faire une
joyeuse débauche à l'honorable cabaret
de la segnora Léonor Dias. Aussi les instructions d'Andrès s'étendaient-elles au
delà de l'ordonnance d'un magnifique
refresco pour la haute noblesse de Ségovie. L'illustre assemblée devait faire
retraite vers onze heures, et céder la
place à des dames et demoiselles de
moins bonne compagnie sans doute,
mais d'une humeur beaucoup plus com-
patible avec les dispositions de la troupe
folâtre. Tout à fait libres alors, les jeunes gens se promettaient l'amusement des
danses nationales ; non pas le bolero *ex-*
purgatum, tel que l'autorité le permet au
théâtre, ni ce Fandago châtié que la décence admet encore à regret dans le salon : au lieu de ces froides et imparfaites
imitations, Andrès s'était engagé à leur
offrir la réalité de ces pantomimes populaires, où l'amour, libre de toute con-
trainte, éclate dans les yeux des danseurs ; où les désirs qu'expriment leurs

gestes animés et rapides sont tour à
tour accueillis avec ardeur, repoussés
avec crainte, combattus faiblement, et
couronnés enfin aux cris de joie des spectateurs enivrés, que le plaisir transporte
hors d'eux-mêmes. Ces danses, véritables
bacchanales, scènes délirantes tout em-
preintes du feu des passions andalouses,
offrent aux Espagnols de toutes les classes
un spectacle toujours nouveau, toujours
attrayant; ce plaisir était le plus réel de
ceux dont l'espérance avait engagé les
jeunes courtisans à sacrifier à Perez leur
journée tout entière.

En attendant, le dîner, prélude des amu-
semens de cette soirée, fut servi aux jeunes seigneurs avec une recherche et une
délicatesse toute française. Pour les vins,
ils étaient espagnols : ceux qu'on récolte
au nord des Pyrénées ont peu d'attraits
pour les gourmets castillans; la segnora
Léonor Diaz vint recueillir en personne
des éloges mérités pour le soin qu'elle
avait pris de faire jeter quelques livres de

framboises dans le baril de son vieux Val-
depênas avant de le mettre en bouteille.
Les feux de cette liqueur exquise, ainsi
parfumée, eurent bientôt excité jusqu'à la
folie la gaîté déjà si vive des jeunes gens.
Ils remarquèrent avec étonnement que
don Félix manquait à leur réunion. Le
récit de son infortune sous le balcon de
Matilda ajouta encore à la joie extra-
vagante des convives, et il fut décidé
par acclamation qu'il serait mandé sur-le-
champ, avec ordre de comparaître quel
que fût son état. En conséquence de cet
arrêt, don Juan lui écrivit un billet pres-
sant, et lui annonça un ordre du duc en
l'engageant à venir le recevoir sans délai.

Le corrégidor parut quelques instans
après; sa figure était bouffie; un double
cercle noir entourait ses yeux gonflés et
jaunis, et sa bouche contournée portait
aussi la trace des coups qu'il avait reçus:
l'apparition fut saluée de longs éclats
de rire. Don Félix feignit de ne pas comprendre le sujet de cette hilarité, et bal-

butia quelques mots de chute, qui re-
doublèrent l'accès du rire convulsif de
l'assemblée. Don Juan le fit placer à table
à côté de lui, et, pour le mettre à son
aise, il déclara qu'il avait tout conté à
ses amis et que le meilleur parti qu'un
homme d'esprit eût à prendre en pareille
occasion, c'était de rire le premier de ses
disgrâces amoureuses.

— Eh, bon Dieu! lui dit-il, qui peut
se flatter d'être toujours à l'abri de pareils
accidens? Crois-tu que ces jeunes fous
qui se moquent de ton malheur n'ont en
amour que des succès! Voyons, ajouta-
t-il, que chacun conte ici sa dernière
aventure galante, et s'engage foi de gentilhomme à ne rien déguiser; tu vas voir
si pour nous tout est roses dans le métier
que nous faisons avec plus d'avantages
que toi. Accepte-t-on la proposition?

— Oui, sans doute, s'écria-t-on tout
d'une voix.

— Eh bien, reprit don Juan, je veux
en m'immolant aussi mettre le premier

appareil sur les blessures de mon vieux camarade don Félix. Nous sommes entre amis intimes, et nous nous devons toute la vérité; cependant, pour vous donner l'exemple des ménagemens dus aux belles dont nous allons nous entretenir, je me contenterai de vous désigner par quelques traits vagues la modeste héroïne de mon récit. Elle se nomme Sérafina, et demeure à Madrid avec son bon et honnête père, Juan-Antonio Albérola, à la petite place de *los Affligidos*, à l'hôtel du comte de Toréno, dont il est l'intendant. Vous percerez si vous pouvez ces voiles.....

— Nous n'y tâcherons pas, interrompit don Alfonso de los Rios, ces initiales suffisent à l'intelligence de l'histoire; poursuis.

—Quant à moi, ajouta Diego de la Cerda, j'irais les yeux fermés chez ta cruelle.

— Je n'ai point prononcé le mot cruelle, reprit don Juan, ne nous jouons pas ainsi des réputations; Serafina n'eut

jamais dans le cœur le moindre sentiment de cruauté; vous allez en juger.
Ces jours derniers, la veille de mon départ de Madrid, je revenais seul du palais
de Liria, où j'étais allé prendre congé
de la duchesse de Berwick. Il était près
de minuit, et la chaleur était extrême.
En traversant la petite place de *los Affligidos* pour descendre par la rue Alta-de-
Léganitos jusqu'à mon logement près
le palais, je vis de la lumière dans la
salle basse de l'hôtel Toréno, où se tient
ordinairement Sérafina. La porte particulière du logement de l'intendant était
ouverte, j'entrai tout doucement; personne n'était dans la salle; mais bientôt
j'entendis des voix en dehors, fort près
de la fenêtre grillée où j'avais aperçu la
lumière, et qu'un rideau couvrait entièrement. Protégé par ce voile, je m'avan-
çai fort près des causeurs et j'entendis
clairement Sérafina et son père : un troisième interlocuteur se mêlait à leur conversation; mais il parlait bas, et je ne le

reconnus pas. Les deux hommes s'assirent sur le banc au-dessous de la fenêtre.

—Quoi! leur dit Serafina, vous êtes déjà las de deux ou trois tours sur cette place! Moi qui n'ai pas marché de la journée, je vais faire encore quelques pas, et profiter de ce petit vent frais qui vient de s'élever.

—Ne t'éloigne pas, lui dit le vieux Juan-Antonio, et méfie-toi de cet air perfide, rappelle-toi le proverbe : le vent de Madrid n'éteint pas une lampe et il tue un homme.

—Grâce au ciel, dit Serafina, il n'est pas si funeste aux femmes. Serrez vos manteaux, et soyez tranquilles sur mon compte, je borne ma promenade à la longueur de la maison, et je n'en dépasserai pas les deux angles.

Or vous savez, continua don Juan, que l'hôtel Toréno présente sur la place de *los Affligidos* une façade de quinze toises environ qui forme l'intervalle entre les rues de Léganitos à droite et de San-

Bernardino à gauche, pour qui vient du palais de Liria. Ce quartier, ordinairement solitaire était alors tout à fait silencieux ; et j'entendais distinctement la conversation des deux hommes et les pas légers de Sérafina, qui se portaient successivement aux deux extrémités de l'édifice. Ce trajet la ramenait incessamment devant le banc où siégeait son père, et chaque fois elle adressait une parole caressante à l'inconnu, qui de son côté retenait un moment la jolie main de la promeneuse et y déposait un tendre baiser. Je compris au radotage de Juan-Antonio qu'il était question d'un mariage entre sa fille et cet homme confiant dont j'admirais l'ardeur à célébrer d'avance la félicité promise à l'époux d'une petite femme si sage et si aimante.

Cependant ce manége ne prenait point de fin. Ma position m'embarrassait, et j'étais attendu chez moi ; j'avais ordonné que tout y fût prêt afin de partir à minuit pour Saint-Ildefonse, où je devais être

indispensablement arrivé de bon matin,
et avant la grande chaleur. D'un autre
côté, je ne pouvais opérer ma retraite sans
être vu; l'aspect d'un homme sortant à
pareille heure et mystérieusement de la
maison pouvait porter une atteinte nota-
ble à la renommée de l'honnête Serafina:
que devenait alors la douce sécurité de
son époux? C'était conscience de ruiner
si brusquement ses flatteuses chimères, et
de rompre un mariage où son imagination lui montrait tant et de si belles
choses.

Je connais depuis l'enfance tous les
détours de l'hôtel de Toréno, et surtout
l'appartement de l'intendant, autrefois
occupé par un de mes amis; je savais
donc que les chambres à coucher placées
au fond de l'édifice occupent la façade
opposée à celle de la place et ont des balcons ouverts sur une rue qui traverse de
celle de Léganitos à celle de San Bernardino. Comme ces fenêtres sont peu élevées, je pensai que rien ne serait plus fa-

cile que de m'échapper par cette issue,
et, prenant une des deux lampes qui
brûlaient sur la table, je me dirigeai de
ce côté. Tout me favorisa : je pénétrai facilement jusqu'à l'une des chambres; des
hardes de femme indiquaient celle de
Sérafina, et j'y vis aussi plusieurs cor-
beilles de linge, où je pris une grande
nappe dans le dessein de me faciliter la
descente que je projetais.

J'ouvris alors la fenêtre, et, sortant un
peu la lumière en dehors, je mesurai de
l'œil la hauteur exacte du balcon. Content de la trouver médiocre, je soufflai la
lampe, et je m'apprêtais à descendre,
quand j'entendis quelqu'un accourir de la
rue de Léganitos. Je reculai quelques pas;
on s'arrêta sous le balcon, et une voix fort
douce me dit tout bas : J'ai vu la lumière,
Sérafina, et j'accours au signal ; tu es la
plus aimable folle de Madrid, et je rirai
long-temps du vieux fou ; il ne se doutait
guère du but de ta promenade jusqu'à
l'encognure de la rue, ni que nous nous

divertissions si bien, à vingt pas de lui, des ridicules expressions de sa vieille galanterie.

— Va-t-en, va-t-en, lui dis-je en faisant la petite voix. — Non, répondit l'obstiné, n'espère pas m'éloigner ainsi, il faut absolument....

— Rien, rien, interrompis-je.

—Comment, rien? Sérafina, quel langage est-ce là? je resterai plutôt ici jusqu'au jour.

— Tu ne t'en iras point?

— Non, non, n'y compte pas.

—Tiens donc! lui dis-je en lui versant tout entière sur la tête une jarre pleine d'eau que je trouvai sous ma main. Cette aspersion subite refroidit tout-à-coup l'ardeur du téméraire, et je l'entendis s'éloigner en s'exprimant sur ma vertu de manière à m'en faire douter moi-même; il soutenait que je n'avais pas toujours été si sévère, et qu'il me punirait de ce caprice de barbarie en m'abandonnant au mépris que je méritais.

— C'était moi, s'écria don Diego de la Cerda, en éclatant de rire.

— Ah ! cher ami, répondit don Juan, pardonne-moi mes rigueurs, songe que je représentais la chaste Sérafina, je les exerçais *au dit nom*; viens m'embrasser, que je répare mes torts. — Non, non, répliqua l'autre fou, ce serait y mettre le comble ; reste chargé de toute l'iniquité, et moi je rends mon estime à Sérafina. Je la croyais cruelle, injuste que j'étais ! Pauvre fille ! à quoi tiennent les réputations !

— Attends, attends, dit don Juan, écoute la fin de mon récit. Dès que tu fus parti, le silence le plus profond se rétablit ; on n'entendait que par intervalle et au loin les tristes cris des *sérénos* (*a*), annonçant que minuit venait de sonner et que le temps était serein, toutes vérités incontestables : pour moi, je me hâtai de nouer un bout de la nape au balcon, et je m'aidai de ce moyen pour me glisser jusqu'en bas. Ce premier pas franchi, je me retirais du côté de la rue Leganitos ; tout-à-coup j'entendis marcher derrière moi à pas précipités ; on venait de celle de San Bernardino ; je m'arrêtai, et, mettant l'épée à la main, j'attendis de pied ferme que l'on osât m'attaquer. Dans cette position, je distinguai, à la clarté des étoiles, un homme arrêté sous le balcon de Sérafina ; il frappa deux petits coups dans ses mains ; après un moment de silence il répéta le signal. — Eh bien ! dit-il, pourquoi ne réponds-tu pas ? J'ai pourtant suivi bien exactement les instructions que tu me donnais si gaîment à l'angle de ta maison, sous les yeux de ton vieux jaloux, et, malgré mon impatience, je ne suis venu qu'après avoir vu le mouchoir flotter à ton balcon.... mais quel mouchoir, bon Dieu ! il est de belle taille.... Comment, diable ! mais c'est un drap, je crois, et solidement attaché ! ah ! belle Sérafina, je comprends ton aimable intention.

Tout en parlant ainsi, l'audacieux,

s'aidant des pieds et des mains, s'élevait
le long du mur, et bientôt il allait atteindre le balcon; au même instant un *séréno*,
montrant son fallot au bout de la rue, la
fit retentir de sa proclamation officielle
sur l'heure et le temps qu'il faisait.

—Par ici, par ici, lui dis-je en élevant la
voix. Le *séréno*, accourant légèrement
vers moi, aperçut d'abord le pauvre
amant suspendu au drap, et s'arrêta
comme enchaîné par un pouvoir magi-
que, dardant sur lui la lumière de sa lan-
terne, qu'il balançait au bout de sa longue
pique. Après l'avoir ainsi bien examiné,
il recommença la lugubre vocifération,
en appuyant sur chaque syllabe : « Minuit un quart, et temps serein; » puis
il ajouta, en psalmodiant sur le même
ton : Et un homme qui monte au balcon
du numéro 6.

En ce moment, l'amant malencontreux
donna une vive secousse au drap, qui se
détacha du balcon; l'homme tomba lour-
dement, et prenant sa course, il emporta

ce témoin accusateur de la vertu de Sérafina, et s'enfuit à toutes jambes. Il était
temps; aux cris du *séréno*, dix autres
lanciers comme lui, et armés aussi de lan-
ternes très-vives, se trouvèrent en un clin
d'œil réunis sur le même point. Je me
nommai, et leur donnai quelques piastres
en déclarant qu'il ne s'agissait que d'une
plaisanterie; puis retenant l'un d'eux pour
m'éclairer jusqu'à mon hôtel, je disper-
sai le reste de ce chœur des anges de té-
nèbres.

— Maudit sois-tu avec tes cris et ta
bande de *sérénos*, s'écria don Alfonso
de los Rios, c'est moi qui étais de faction
à l'autre angle de l'hôtel Toréno, et ta
folle plaisanterie a failli me coûter la vie.

Cette nouvelle déclaration n'excita pas
moins de transports que la première.

— Seigneurs, dit Perez, il ne nous
reste plus qu'à connaître le mystérieux
épouseur qui siégeait si paisiblement sur
le banc avec le bonhomme de père, tandis
que l'active Sérafina se portait ainsi tour

à tour du centre à la gauche et à la droite;
et, comme un général habile, animait
tout son monde à bien faire, commandant la manœuvre et donnant le mot
d'ordre.

— Quoi! vous le connaissez? s'écriè-
rent tous les convives à la fois.

— Oui, sans doute, seigneurs, le
vieux Juan Antonio n'est-il pas mon plus
ancien ami? La pauvre dupe dont vous
vous amusez n'est autre que.....

— Tais-toi, interrompit don Félix
d'une voix aigre; tais-toi, Perez. Je connais aussi bien que toi l'homme dont tu
veux parler, mais donne-toi de garde de
le sacrifier à tes plaisanteries, sa vengeance peut être redoutable : tu dois
m'entendre, Perez.

—Je ne m'appelle plus Perez, répondit-il, troublé par les vapeurs du Valde-
pênas; et d'un ton plein d'arrogance; tes
menaces ne font que m'enhardir; apprenez donc, seigneurs, que la dupe
ridicule......

—Arrête, Perez, interrompit encore Félix, on paie quelquefois bien cher un mauvais bon mot ; Perez, mon ami, gouverne mieux ta langue.

— Je m'appelle don Mariano, reprit l'autre en fureur, et je suis le comte de Villamayor.

—Perez, Perez, répéta Félix froidement, tu es encore plus ivre de vin que de colère, et quand tu auras recouvré la raison, tu frémiras des dangers que tu as courus. Tais-toi, Perez.

— C'en est trop, s'écria-t-il plein de rage et en se levant ; seigneurs, voilà le sot que je livre à vos sarcasmes et à vos justes railleries ; c'est Félix lui-même qui était le héros de cette ridicule aventure.

— Bien, bien, dit don Juan en couvrant de sa voix les bravos et les applaudissemens prodigués à la courageuse déclaration de Perez ; bien, voilà dignement répondre aux menaces de Félix. A toi, corrégidor, rends-lui la balle, mon ami : tu nous as promis de terribles

révélations ; parle : la vengeance est un
plaisir divin; allons, ne ménage plus rien.

—Animez-vous, brave don Félix, continua don Alfonso, considérez qu'il vous
a couvert de ridicule, et que nous se-
rions désolés de n'avoir à rire que de
vous.

— Aux armes, don Félix, criait le petit don Diego ; décochez-lui quelque
trait bien aigu ; vous nous l'avez promis,
il y va de votre honneur.

— Je lui en porte le défi, dit Perez du
ton le plus méprisant, il ne saurait ma-
nier des armes assez fortes pour me bles-
ser, sans se percer lui-même de part en
en part : ceci lui servira désormais d'une
utile leçon; qu'il apprenne qu'au point
où je suis élevé je n'ai rien à craindre de
lui, et qu'il a tout à redouter du ressentiment du comte de Villamayor.

—Comment, diable ! observa don Juan
d'un air surpris, sais-tu bien que voilà
une tirade toute dramatique ! allons,
puisque tu te retranches derrière la qua-

lité, nous te respecterons dans cet asile;
mais en attendant que la tête de Félix
soit, comme la tienne, protégée contre
nos traits par une couronne de comte,
il paiera ta dette et la sienne à la fois,
et nous nous vengerons sur lui.

Les quolibets, les allusions piquantes,
les vives railleries, accablèrent alors le
pauvre corrégidor. La haine et la vengeance s'amassaient dans son cœur et le
gonflaient de venin; il suffoquait. Andrès enfin vint le tirer de peine en annonçant que la compagnie commençait à se
rassembler dans les salles du Parador.
Les jeunes gens se levèrent tumultueuse-
ment, et don Félix, s'échappant à la faveur de ce moment de confusion, mit
enfin un terme au supplice insupporta-
ble qu'il souffrait depuis quelques heures.

CHAPITRE II.

> O Dieu ! que ton pouvoir est grand et redoutable!
> Qui pourra se cacher au trait inévitable
> Dont tu poursuis l'impie au jour de ta fureur ?
> A punir les méchans, ta colère fidèle,
>   Fait marcher devant elle
>   La mort et la terreur.
>
> J. B. ROUSSEAU.

Don Félix sortit du Parador la rage dans le cœur. Il s'était flatté de troubler Perez et de lui imposer en le menaçant de révélations dangereuses ; mais il n'avait réussi qu'à envenimer la haine d'un ennemi redoutable. Le sort se déclarait pour ce rival, qu'il laissait depuis si longtemps se traîner derrière lui dans le chemin de la fortune ; l'allié des contrebandiers, trop heureux naguère d'acheter la protection de l'intendant de Saint-Ildefonse par l'offrande de la meilleure part du fruit de ses rapines, le pauvre Perez, aujourd'hui poussé par un vent favorable,

nageait dans l'opulence, disposait du crédit de don Juan, et pouvait d'un mot
anéantir les petites grandeurs du corrégidor de Ségovie. L'intimité des seigneurs de la cour, l'esprit d'intrigue,
l'audace, le prestige du rang, et surtout
la puissance de l'or dans un monde aussi
corrompu ; tout prêtait à son ennemi des
armes terribles ; la scène qu'il venait de
provoquer lui avait révélé toute la force
de Perez et sa propre faiblesse. Félix se
reprochait avec amertume cette impru-
dente levée de bouclier ; d'après le caractère connu de l'homme, ce devait être
une guerre à mort. Tandis que, seul et
furieux, le corrégidor, tantôt roulait
dans son cœur mille moyens de vengeance, et tantôt, contraint d'y renoncer,
s'abandonnait au désespoir, le superbe
comte de Villamayor triomphait rayon-
nant de joie au milieu d'un cercle d'ad-
mirateurs. Toute la noblesse de Ségovie
s'était empressée de répondre à son invitation. La marquise de Canizarès et Ma-

tilda seules l'avaient refusée ; mais leur
absence était compensée par l'affluence
des dames et des gentilshommes attirés
de fort loin à la ville par le séjour mo-
mentané de la cour à Saint-Ildefonse.

Andrès ne s'était pas borné à décorer
avec magnificence les appartemens du
Parador ; il avait pris soin de les parfu-
mer en brûlant des aromates délicats et
des herbes de l'Inde ; la musique du régi-
ment de Tarragone, cachée dans un ca-
binet, jouait par intervalle des marches
militaires et des airs de boléros. Au milieu du salon principal on voyait entourés de pupitres un piano et une harpe,
instrumens fort rares à cette époque,
même à Madrid. Ces apprêts annonçaient un concert des musiciens français
de la chambre du roi. Perez alla au-devant de dona Isabel et d'Eléna jusqu'à la
porte de l'antichambre, et les présenta
aux dames avec beaucoup d'appareil:
Toutes deux montrèrent au milieu de
cette assemblée imposante l'aisance na-

turelle à des femmes bien nées, et le
prétendu comte jouissait avec orgueil de
l'effet que produisaient et le noble maintien de l'une et les grâces modestes de
l'autre. Mansilla s'était arrangé pour n'arriver que le dernier ; sa vanité puérile
calculait tous les moyens de paraître avec
avantage, et Perez, pour caresser cette
faiblesse, descendit jusqu'au pied de l'escalier, précédé d'Andrès et de plusieurs
garçons de l'auberge, déguisés en valets de pied avec des livrées d'emprunt et
portant des flambeaux, afin de recevoir
dignement l'illustre famille. Un grand
sopha, laissé libre à dessein dans le lieu le
plus apparent du grand salon, était réservé
pour la comtesse et sa fille, et quand elles
parurent conduites par Perez, une fan-
fare éclatante salua cette entrée, et tout
le monde se leva pour leur faire honneur.
Mansilla était presque heureux ; si les
esprits étroits ont souvent à souffrir du
malheur d'attacher trop d'importance à
des futilités, ils doivent aussi de vives

jouissances à une foule de petites choses
qui n'exercent aucune influence sur le
bonheur des autres ; l'orgueil du comte
se repaissait délicieusement de ces hommages publics, et les soucis dévorans firent un moment trève à son pauvre cœur.
La figure froidement belle de la comtesse
n'exprimait aucun sentiment, c'était l'i-
mage de la patience. Térésa, pâle et abat-
tue, couronnée de roses, semblait une
victime que l'on traîne à l'autel ; ses
traits offraient un contraste remarquable
avec ceux de Fernando, sur lesquels
éclataient le bonheur et la joie.

Les dames qui occupaient les fauteuils
massifs rangés contre les murs du salon
se regardaient silencieusement, jugeaient
les parures rivales, ou s'entre-saluaient
par un léger mouvement de tête en agitant leur éventail fermé à la hauteur de la
bouche, avec une grâce toute particulière aux élégantes de Madrid ; tandis
que les hommes se groupaient debout
sur différens points. Mansilla s'attacha

aux pas de don Juan, et affecta de ne point le quitter.

Cependant le concert commença. Les musiciens qui formaient le quatuor du roi, ayant terminé de bonne heure ce service quotidien, venaient d'arriver de Saint-Ildefonse; un duo de harpe et de piano fut exécuté par monsieur et madame Charpentier, artistes français d'un talent distingué, attachés depuis peu par Charles IV à la musique de sa chambre. Un autre français dont le mérite réel pouvait se passer du charlatanisme d'une exécution trop bizarre fit ensuite des prodiges sur le violon. Par malheur, les traits d'une exquise simplicité, les chants faciles et naturels qui font partout le charme des gens de goût, n'avaient point là de juges, et ne furent point goûtés. Pour émouvoir ses auditeurs, l'artiste se livra donc à des extravagances qui furent reçues comme les inspirations dn génie, et applaudies avec fureur. Ses contorsions semblaient l'effet d'un délire

extatique, comme celui d'un prêtre
d'Apollon cédant au dieu qui le presse :
interprétées ainsi, ses attitudes bouf-
fonnes, loin de faire rire, ajoutaient à
l'enthousiasme. Les Espagnols, doués en
général d'une organisation vigoureuse,
ont besoin d'être remués fortement;
aussi sont-ils plus sensibles en musique
à la puissance du rythme qu'à la délicatesse de la mélodie. Ils dansent au bruit
cadencé des castagnettes ou d'un tam-
bourin, comme au son de la guittare, et
souvent, faute de tout cela, ils soutien-
nent et animent plusieurs couples de
danseurs, en frappant dans leurs mains
ou marquant sur une table la mesure sau-
tillante et pressée du fandango.

Pendant que le virtuose recevait les
témoignages de l'admiration universelle,
Andrès, à la tête de sa brigade de domestiques en livrée, fit irruption dans la
salle, et dirigea la distribution des tasses
d'un chocolat mousseux, brûlant, et fortement assaisonné de cannelle. D'autres

valets présentaient des plateaux chargés de montagnes de biscotins et de friandises de toutes les formes, ouvrage délicat des religieuses de la ville.

Le chocolat fut, comme partout et toujours en Espagne, le signal de la joie, l'occasion et le texte des conversations particulières, nées du besoin de répandre et de faire partager autour de soi d'aussi vives émotions. — Excellent chocolat, segnora.

— Il est très-bon, seigneur.

— Et fort bien fait, segnora? — A merveilles, seigneur.

— Un peu plus de cannelle n'eût rien gâté?

— Pour moi, seigneur, je fais fabriquer le mien chez moi, et je n'y épargne pas cet assaisonnement.

— C'est l'unique manière de l'avoir bon, segnora; il faut faire fabriquer le chocolat sous ses yeux.

Tous ces points convenus de voisin à voisine, on fit également de l'esprit sur

2.

la limpidité des verres d'eau, et des re-
marques aussi profondes sur les bonbons
et les confitures. Cependant don Juan se
livrait à des observations transcendantes
sur la toilette des dames.

— Fernando, lui dit-il, toi qui es d'ici,
explique-moi un peu le bonnet de cette
petite femme. J'ai la vue si basse, que je
ne puis décider si c'est la tour de Ségovie
ou le clocher de la cathédrale que tiennent en équilibre sur sa tête tous ces câ-
bles de roses et de jasmin.

— Et non, répondit Fernando : cette
coiffure est exactement imitée d'un portrait fait, en 1782, de la reine, alors prin-
cesse des Asturies.

— Approchons, dit don Juan, cela
vaut la peine d'être examiné plus sérieu-
sement, quoi! tu prends sur toi d'assurer
que ce n'est point une forteresse; je dis-
tingue pourtant maintenant des courtines
et des bastions fort réguliers. Mais je reconnais le personnage! c'est la comtesse
de Jovellanos, qui représente ici la no-

blesse de Medina del Campo, ville où
l'on se défend pied à pied contre l'invasion des modes françaises. On y trouvera
que la petite folle va bien vite d'avoir
déjà entamé 1782. Comment nommes-
tu sa grosse voisine?

—C'est la marquise de Villalva, qui fait
les beaux jours de Arévalo.

—Ah! vois, Fernando, comme dans
son air et dans son maintien tout trahit
l'habitude d'un séjour plus rapproché de
la cour de six postes au moins; remarque
comme sa parure la place aussi plus près
de l'époque où nous vivons. Au lieu de
ce vaste développement d'ouvrages à cor-
nes que la comtesse étale avec tant d'orgueil, la robuste marquise porte légèrement sur la tête une simple frégate avec
tous ses agrès et sans oublier un seul ca-
non; c'est la coiffure *à la belle poule*,
importée en Espagne un an après son in-
vention en France; la marquise a déjà atteint 1785. Admire avec moi, un peu
plus loin, ces deux charmantes douairiè-

res, tourmens des cœurs de Villacastin ;
elles témoignent assez, par l'agrément de
leurs atours, qu'elles habitent, sur l'extrême frontière de cette province, le
point le plus voisin de Madrid. Combien
l'édifice de leurs cheveux, maintenu par
des rubans roses en festons, est d'une
origine bien plus moderne que les rem-
parts de la comtesse et le navire de la
marquise. Mais toutes le cèdent à ces en-
chanteresses de Ségovie, qui marchent à
la tête de leurs contemporaines dans cette
partie de la vieille Castille, et que la fré-
quentation des gens de cour pendant
plusieurs mois de l'année, tient toujours
au courant des modes les plus fraîches,
à deux ou trois ans près.

Don Juan fut interrompu par les ac-
cords de la harpe. Déjà, de tous côtés,
les voix se mêlaient confusément, et la
gaîté, si bruyante en Espagne, même dans
la meilleure compagnie, avait fait place
à la réserve silencieuse des premiers momens de la réunion. On demandait à

grands cris un boléro, et l'on priait Fernando de le danser avec sa sœur. Le prélude animé de madame Charpentier était
une invitation encore plus pressante.
Cette musique, toute espagnole, ébran-
lait, échauffait les têtes; la joie pétillait
dans les yeux des jeunes gens, et les vieil-
lards eux - mêmes s'agitaient sur leurs
siéges, et frappaient la mesure à grand
bruit.

Térésa, priée par son frère de céder
aux vœux de la société, le suppliait de
ne point insister. Ce débat prolongé fixa
bientôt l'attention générale. La douleur,
l'abattement de la jeune personne, frappèrent tous les yeux : Mon frère, disait-
elle tout bas à Fernando, n'exige pas cet
effort surnaturel; s'il faut me sacrifier à
ton bonheur, eh bien, je te donnerai
ma vie; mais danser, quand je me sens
mourir! non jamais. Je ne le puis :
prends pitié de ma détresse.

— Calme - toi, Térésa, lui répondit
son frère du même ton; prends garde;

tout le monde te regarde ; retiens tes
pleurs.

— Eh ! le puis-je ? répliqua la pauvre
enfant en sanglottant.

— Vous le voyez, dit Fernando en s'a-
dressant aux dames, Térésa est trop souf-
frante ; il ne faut plus penser au boléro.

Les jeunes gens de Saint-Ildefonse, et
don Juan surtout, demandaient à Pérez
d'un ton railleur si les larmes de Térésa
n'étaient point un effet de cet amour irré-
sistible qu'il prétendait avoir allumé dans
le cœur de la fille du comte de Mansilla.
L'orgueil inflammable de l'intrigant souffrait impatiemment ces attaques, et l'i-
vresse, fruit des excès récens de la table,
troublait encore sa tête et ajoutait à son
irritation naturelle.

Eléna, toujours inquiète de la santé
de sa mère, s'était munie d'un flacon de
sels ; jugeant, à la pâleur de Térésa,
qu'elle était prête à s'évanouir, elle se
hâta de lui offrir ce secours ; il était trop

tard ; Térésa tomba sans mouvement dans ses bras. Dona Isabel s'empressa de la soutenir et de l'approcher, aidée d'Eléna, d'une fenêtre que Fernando ouvrit à l'instant. Tous trois lui prodiguaient les plus tendres soins, tandis que la comtesse de Mansilla, les yeux en larmes, essayant de se traîner sur leurs pas, retomba inanimée dans son fauteuil. Ce double évanouissement causa la plus vive sensation; toutes les dames se levèrent à la fois; on s'interrogeait avec curiosité.

— Ma pauvre Térésa, lui disait Fernando en s'efforçant de la ranimer, ma bonne sœur, pardonne-moi. Dans l'excès de mon bonheur je croyais tout le monde heureux : barbare que je suis, je ne voyais pas tes souffrances !

— Fernando, lui répondit-elle d'une voix défaillante : mon père vient de me commander d'accepter la main du comte de Villamayor; je lui demande comme une faveur d'embrasser la vie religieuse; il

me refuse durement ! laisse-moi mourir : la vie m'est horrible maintenant.

— Non, non, dit vivement Eléna, non,
vous ne mourrez pas. Ce serait payer
trop cher le bonheur, que de l'acheter au
prix du vôtre. Non, Térésa, nous renon-
çons à tout, plutôt que de vous causer
tant de peine. Ma mère et moi nous par-
lerons à mon frère; nous le supplierons;
vous ne serez point malheureuse par
nous.

— Rassurez-vous, mon enfant, ajouta
dona Isabel, j'ignorais votre répugnance
pour le mariage proposé, et j'emploierai
toute mon autorité pour que l'on ne con-
traigne pas votre inclination.

Térésa reconnaissante pressait leurs
mains contre son sein et les couvrait de
larmes. Le comte de Mansilla, éperdu,
courait de sa femme à sa fille, perçant
avec peine la foule qui s'amassait autour
d'elles; son cœur se brisait à la vue de
leur douleur; il s'efforçait de les calmer

par des paroles amicales, et ses traits altérés peignaient l'angoisse et l'effroi.

— Eh bien! dit don Juan en éclatant
de rire, eh bien! mon pauvre don Mariano, vois-tu maintenant le danger d'un
trop gros mérite. Si le seul espoir de te
posséder produit de ces émotions; si ta
recherche avouée cause l'évanouissement
et les larmes, que sera-ce donc au moment de s'engager à toi par un dernier
serment! Voilà une petite personne qui
t'aime à l'adoration, trop heureux fripon,
et c'est un seul de tes regards qui fait tout
ce ravage.

— Barbare comte! ajouta don Alfonso,
n'irez-vous pas sécher ces pleurs que la
jalousie fait sans doute couler?

Perez les quitta, le visage enflammé
de colère; ses pas chancelans et sa langue
épaissie, témoignaient que l'ivresse en-
chaînait encore sa raison: incapable,
en cet état, d'écouter les conseils de la
prudence, et tout à la passion qui l'agitait, il saisit vivement Mansilla par le bras.

— Y pensez-vous? lui dit-il à demi-
voix : avez-vous donc perdu la tête? Que
signifie cette comédie?

— Ne le voyez-vous pas? répondit le
comte avec humeur; ma femme et ma
fille sont mourantes.

— Eh! morbleu, reprit Perez du même
ton, faites-les sortir à l'instant; renvoyez-
les finir chez elles cette parade lar-
moyante, et que ma fête ne soit pas
troublée.

— Quel langage me tenez-vous là, don
Mariano?

— Celui que mérite votre faiblesse,
mon cher comte; inventez une raison,
trouvez un prétexte, et surtout prenez
tout sur vous seul. Cela tend à me couvrir de ridicule, et je ne le souffrirai
pas.

Fernando s'approchait d'eux en ce moment; il entendit les derniers mots de
Perez prononcés d'un ton menaçant.

— Qu'est-ce donc? demanda-t-il avec véhémence, puis-je savoir ce que le seigneur

don Mariano n'est pas d'humeur à souffrir de mon père?

— Votre père le sait, répondit Perez avec insolence, et sans doute il n'est pas besoin que je le lui répète.

L'étonnement suspendit un moment la fureur de Fernando. Le comte, d'ordinaire si impatient de l'ombre d'une offense à sa dignité, lui qu'irritait le plus léger obstacle à ses moindres prétentions, ce grand seigneur dont le regard si fier imposait le respect autour de lui, maintenant les yeux baissés, la figure pâle et décomposée, semblait un coupable devant son juge. Fernando recula de surprise.

— Qu'est-ce à dire? s'écria-t-il. Quoi! mon père, est-ce ainsi que s'exprime votre indignation? Quoi! celui que vous daignez honorer du nom de votre fils....

— Assez, Fernando, interrompit le comte; ne dis pas un mot de plus; éloigne-toi.

—Eh! seigneur, reprit le jeune homme

avec feu : venez plutôt vous-même rendre la vie à Térésa. Elle refuse hautement l'alliance de Mariano ; venez lui
dire qu'en effet celui qui ose outrager le
père n'a plus de droits à la main de
la fille. Ma mère, expirante de douleur
à l'idée de ce sacrifice, réclame aussi vos
soins. Approchez, seigneur, continua
Fernando en l'entraînant; votre cœur ne
supportera pas sans se briser un spectacle aussi déchirant.

— Comte de Mansilla, dit très-haut
Perez, prenez garde; réfléchissez avant
d'agir. Quant à moi, mon parti est irré-
vocablement arrêté.

— J'ai pris le mien aussi, répondit le
comte d'une voix ferme; et repoussant
avec force Perez, il saisit la main glacée
de Térésa : Reviens à toi, mon enfant,
et ne crains plus.....

— Pour la dernière fois, interrompit
Perez frémissant de rage, ne me forcez
pas à perdre toute retenue.

— Je brave votre colère, répliqua le

comte avec sang-froid; la nature a repris ses droits sur mon cœur; il s'était laissé dominer par des sentimens que je désavoue maintenant. Ma femme et ma fille réclament un époux, un père; je le leur rends; leur protecteur naturel n'aidera point à les opprimer; faites maintenant à votre gré, comte de Villamayor; je ne redoute plus rien.

Le cercle des curieux s'était épaissi autour d'eux; tous les esprits, supendus à l'aspect de cette scène extraordinaire, en attendaient l'issue avec inquiétude. Don Juan seul et son cortège s'en amusaient comme d'un spectacle réjouissant, et se faisaient un jeu d'animer les acteurs. Dona Isabel, au contraire, s'approchant de Perez, lui fit avec dignité des reproches pleins de raison sur sa conduite inconcevable, tandis qu'Eléna le suppliait de se calmer.

— Point du tout, point du tout, dit très-haut don Juan se faisant jour jusqu'à Perez, et suivi de tout son monde;

il faut absolument que don Mariano s'explique; il s'est engagé trop avant. Qu'il parle, vous verrez que ce ne sera qu'une bagatelle que nous accommoderons sur-le-champ entre amis; allons donc, Mariano, soulagez-vous; le comte vous dit lui-même que tout cela lui importe fort peu.

La colère ardente qui rougissait tout à l'heure le front de Perez avait fait place à une pâleur mortelle, et ses lèvres tremblaient. — Eh bien! murmura-t-il en lançant sur le comte un regard sinistre, m'y forcerez-vous, faut-il parler?

— Parle donc, s'écria Fernando furieux, parle, et cesse de menacer; que pourras-tu dire qui ne soit à la gloire du plus vertueux comme du meilleur des hommes? allons, répands ton venin; il ne pourra jamais souiller mon père.

— C'en est trop, dit Perez transporté, il est temps de confondre à la fin tant d'audace et d'orgueil : apprenez donc, seigneurs, et vous mesdames.....

— Main-forte au nom du Roi, cria tout à coup une voix éclatante à l'entrée de la salle.

Tous les regards se portèrent à la fois de ce côté, et l'on vit avec étonnement don Félix s'avancer suivi d'un alguasil, tous deux revêtus du costume de leurs charges. Plusieurs soldats étaient rangés dans la pièce précédente, et leurs armes, où se réfléchissait l'éclat des lumières, formaient un rideau d'acier à la porte du salon.

— Que veut dire tout cela, corrégidor? demanda fièrement Perez en allant au-devant de lui. De quel droit osez-vous pénétrer chez moi, chez un homme de qualité, à cette heure, et avec cet appareil?

— J'ai cru, répondit Félix avec un regard où se peignait le triomphe de la méchanceté, j'ai cru pénétrer seulement dans une auberge, dans un lieu public soumis à mon inspection; mais, en tout cas, je répète que je viens au nom du Roi.

— A la bonne heure, mais à qui diable en avez-vous?

— A vous-même apparemment, seigneur.

— Ignorez-vous, reprit Perez avec hauteur, que vous parlez au comte de Villamayor?

— En ce cas, plus de doute, seigneur, dit don Félix en s'adressant à l'alguasil : vous venez d'entendre l'aveu qu'il vous a fait lui-même; agissez maintenant d'après votre mandat.

— Seigneur comte de Villamayor, déclama l'alguasil d'un ton solennel, je vous arrête au nom du Roi, que Dieu garde mille années, et en vertu d'un ordre de leurs seigneuries les alcades de cour.

Perez, au comble de l'étonnement, porta sur don Félix des yeux troublés par la colère, et lui demanda d'un ton irrité comment il avait eu l'audace de se porter à cette extrémité.

— Le seigneur corrégidor n'est pour rien dans cela, répondit l'alguasil : j'ai dû lui demander main-forte et son assistance personnelle pour l'exécution de mon ordre, et il ne pouvait me les refuser.

Don Juan avait perdu toute sa gaîté ; il n'était pas sans inquiétude sur les conséquences d'une rupture éclatante entre deux intrigans, admis depuis si long-temps dans sa familiarité; leurs querelles juridiques pouvaient entraîner des révélations telles, que sa réputation de délicatesse et d'intégrité en reçût de cruelles atteintes.

— Eh quoi! dit-il à l'alguasil : c'est vous, Bernardo, je ne vous avais pas reconnu.

L'alguasil fit un profond salut.

— Qu'est-ce donc? continua don Juan, tout cela ne serait-il pas l'effet de quelque mal-entendu, et vous est-il défendu de vous expliquer sur cet ordre? Peut-on savoir qui l'a obtenu de la chambre des alcades de cour ?

— On ne m'a point commandé le si-

lence à cet égard, répondit Bernardo ;
mais j'ai lieu d'être surpris de la question
de votre seigneurie.

— Pourquoi ? Vous m'étonnez à votre
tour. Parlez, Bernardo.

— Votre seigneurie ne me commande
pas sans doute de découvrir ?...

— Eh bien ! achevez donc : je vous
prie instamment de déclarer tout ce que
vous savez, du moins tout ce qu'il vous
est permis de dire.

— Même ce qui peut concerner votre
seigneurie ?

— Je ne conçois pas, Bernardo, ce que
je puis avoir à démêler dans cette affaire,
dit don Juan en pâlissant ; encore un
coup, expliquez-vous ; je l'exige absolument.

— Que votre seigneurie daigne m'ex-
cuser, répondit l'alguasil : il se peut qu'il
y ait en effet quelque grave mal-entendu ;
mais enfin le paquet a été remis ce matin
entre mes mains par un laquais à la livrée
de votre seigneurie, et j'ai cru reconnaître

sa main sur l'adresse ; je suis certain d'ailleurs que le cachet était à ses armes.

— Quoi ! s'écria don Juan : l'ordre a
été expédié d'après une requête recom-
mandée très-chaudement par le duc de
la Alcudia, et que j'ai envoyée ce matin
au tribunal par son commandement exprès ?

— Oui ! seigneur, et la requête intéresse
deux demoiselles du nom de Arénal....

— Comment, deux demoiselles ? demanda Perez d'une voix altérée.

— Justice divine ! répondit don Juan
avec un cri : ce sont celles qu'hier....

— Impossible, interrompit vivement
Perez ; elles portent plainte contre l'assassin de leur frère.

— Il est vrai, dit Bernardo, et aux termes de l'accusation poursuivie à la chancellerie de Valladolid, et dont copie est
jointe à la requête, l'assassin est Mariano,
fils d'Isabel, et maintenant connu sous
le nom de comte de Villamayor.

— Malheur à moi, s'écria douloureu-

sement Isabel! Voilà ce que j'ai tant re-
douté. Viens, ma fille, viens, suis-moi,
que Dieu nous soit en aide! Attendez-
nous, seigneur, dit-elle à l'alguasil, je ne
vous demande qu'un moment; ce coup
peut encore être détourné de la tête de
mon fils.

Dona Isabel sortit en désordre, et suivie
d'Éléna, toutes deux précipitant leurs
pas, elles disparurent aux yeux de l'assemblée. La terreur avait saisi tout le
monde; le cri et l'action de dona Isabel
confirmaient l'accusation du crime, et
produisirent l'effet d'un aveu formel.
Tout le monde, et don Juan lui-même,
s'éloigna involontairement de Perez. Il y
eut un moment de silence, pendant lequel tous les regards, fixés sur lui, expri-
maient l'horreur et l'effroi. Félix seul
était triomphant.

—Seigneur, dit enfin l'alguasil à Perez,
c'est trop suspendre l'exécution de mon
ordre. Vos seigneuries donneront au tribunal les explications propres à éclairer

la justice dans cette affaire; mais l'heure s'avance, et je dois remettre votre personne au gouverneur de la tour avant que les portes n'en soient fermées. Je vous engage, seigneur comte de Villamayor, à me suivre sans faire de résistance. Mais vous devez d'abord, aux termes de mes instructions, remettre au seigneur corrégidor, les clefs de toutes vos malles et de vos coffres, afin d'en extraire vos papiers, que je vais revenir inventorier avec lui, aussitôt que je vous aurai conduit en prison.

Il semblait que la foudre fût tombée sur Perez; et ses idées étaient tellement confuses, qu'il resta sans pouvoir en exprimer aucune. Il comprit seulement qu'en tout état de cause il importait de ne risquer aucune parole que l'on pût tourner ensuite contre lui. Il prit donc silencieusement le chemin de sa chambre, et fit la remise prescrite à Félix.

— Seigneur comte, lui dit le corrégidor avec un sourire perfide, dans votre trouble, vous oubliez de me remettre aussi la clef d'une valise cachée sous votre lit, elle est pourtant bien importante. Perez frémit de rage : Quelle clef, demanda-t-il en lançant sur lui un regard terrible ; quoi ! vous abusez....

—La clef est là, répliqua Félix avec le même sourire, à la chaîne de votre montre ; je vous dis que c'est la douleur qui égare un peu vos idées. Attendez un moment, continua-t-il en parlant à l'alguasil, tandis qu'avec sa canne il attirait à lui la valise, fort enfoncée sous le lit dans une alcove obscure ; maintenant, seigneur comte, donnez-moi cette clef, ajouta-t-il en la prenant. Il ouvrit la valise, s'assura que plusieurs paquets y étaient tout entiers, il les fit remarquer à l'alguasil, et lui en désigna le nombre et les numéros aux yeux de Perez, que la fureur suffoquait. Cette opération terminée, l'alguasil emmena son prisonnier, et le corrégidor resta dans la chambre pour surveiller les effets jusqu'au retour de Bernardo.

Cependant la nombreuse société qui s'était promis tant de plaisir à cette soirée s'écoulait rapidement. On parlait haut, on s'interrogeait sur les causes de cet événement bizarre ; les voûtes du vieil édifice étaient ébranlées du fracas des équipages de don Juan et de ses amis ; les sonnettes des mules, les cris des postillons assourdissaient tout le monde ; les carrosses partis, la masse des convives, resserrée d'abord sous le vestibule, s'étendit dans la cour, et se divisant par familles, chaque groupe, précédé d'un fallot, prit en sortant une direction différente. A mesure que ces essaims bourdonnans s'éloignaient, le bruit allait s'affaiblissant au dehors comme au dedans de l'auberge, où chacun s'empressait de regagner sa chambre ; et bientôt un morne silence régna dans les brillans salons du Parador, encore illuminés avec

magnificence. Andrès, seul, en présence
de tant de splendeur, nonchalamment
étendu sur le sopha où siégeaient tout à
l'heure de si grands personnages, le fidèle Andrès réfléchissait profondément
aux caprices de la volage fortune; il
s'endormit en méditant sur la lettre et
l'esprit des conseils que, peu de jours
auparavant, Perez, dans cette même
salle, avait daigné lui donner au sujet des
comptes à régler avec un maître que
l'intérêt personnel commande de quitter
sans prendre congé.

◆◄◄◆◄◄◄◆◄◄◄◄◄◄◄◄◄◄◄◄◄◄◄◄◄◄◄◄◄◄◄◄◄◄◄◄◄◄◄◄◄◄◄◄◄◄◄◆◄◆

CHAPITRE III.

Il y mourut en traînant son lien.
Heureux s'il eût remis une légère offense ;
Quel que soit le plaisir que cause la vengeance,
C'est la payer trop cher que l'acheter d'un bien
Sans qui les autres ne sont rien.

LA FONTAINE.

Embarqué par la fatalité dans cette intrigue, dont les progrès avaient été jusque là favorisés par d'heureux incidens, Perez ne s'était jamais arrêté à en calculer froidement toutes les chances. Il marchait avec rapidité vers le but sur lequel il attachait involontairement des regards dévorans, la dot de Térésa. Un ami sûr et intelligent, mais qu'il n'avait pas instruit de ses desseins, disposait tout pour opérer à Madrid la prompte conversion du capital en bonnes lettres de change sur Lisbonne, Londres ou Paris, et assurer le départ de Perez pour le Portugal,

3.

déguisé en courrier d'une maison de commerce.

Le coup imprévu qui dissipait ces brillantes illusions l'avait frappé bien rudement sans doute, mais sans l'accabler cependant. Au fait, que perdait-il? Rien que des espérances. Il fallait à la vérité renoncer à la dignité de gentilhomme et déposer sa couronne de comte; mais ce sacrifice anéantissait l'accusation d'assassinat, et l'affranchissait de l'échafaud. Bercé de ces idées consolantes, et la tête encore appesantie par les vapeurs du vin, l'ex-comte de Villamayor avait goûté dans la tour de Ségovie le sommeil paisible et profond de l'innocence. Mais le matin le trouva dans des dispositions différentes; il lui paraissait fou de désespérer si tôt de sa fortune, et, avant de descendre volontairement du point où son génie l'avait élevé, pourquoi, se disait-il, ne pas chercher s'il s'offre quelque moyen de s'y défendre avec avantage? Cette accusation peut n'être pas fondée; je

pense même !..... Oui ! quand elle serait vraie, ne peut-on pas tout rejeter sur
un faux Mariano qui aurait osé usur-
per ce nom respectable, pour le déshonorer !

Déja cette idée fermentait dans sa tête,
et mille plans nouveaux d'attaque et de
défense se présentaient à la fois et confusément à son esprit, quand on vint l'a-
vertir qu'une dame avait obtenu la permission de lui parler. C'était Béatrix, la
belle mexicaine, agitée d'un trouble violent qui pourtant ne lui avait fait oublier
ni le soin de paraître avec décence dans
un château royal, ni que le rang du
comte son maître imposait à ses gens le
devoir d'une certaine représentation.

— Juste Dieu ! seigneur comte, dit-elle
en s'asseyant, souffrez que je respire un
moment. Trois cents marches! seigneur.
Je suis une femme perdue si vous ne me
remettez pas à l'instant les papiers que je
vous ai confiés à Otéro... Béatrix s'éven-

tait avec violence : Il faut absolument,
continua-t-elle, qu'on ait négligé de prévenir le gouverneur de l'Alcazar du rang
de votre seigneurie. Y songe-t-il, de ni-
cher le comte de Villamayor dans les
créneaux de sa tour? Seigneur, votre
mère est dans un état à faire pitié. En
rentrant hier de cette maudite assemblée,
elle a fait des recherches, des recherches !.....

— En effet, interrompit Perez, je me
rappelle qu'en partant elle a dit qu'elle
avait un moyen de détourner ce coup ;
eh bien ! ces recherches?.... Apprends-
moi !,...

— Tout est entre vos mains, seigneur.
Quand dona Isabel s'est aperçue que ses
papiers n'étaient plus à leur place, son
désespoir a éclaté par des cris, par des
plaintes : Voilà le dernier coup, disait-
elle en s'arrachant les cheveux ; si je ne
retrouve pas cette lettre, ils le condui-
ront à l'échafaud....

— A l'échafaud! répéta Perez en pâlissant. Mais quelle est cette lettre? n'a-t-elle rien dit de plus?

— Elle m'a fait les plus vifs reproches, en m'accusant d'avoir égaré le rouleau de papiers pendant le déménagement; elle prétend que c'est moi qui aurai attaché le fatal *garrot* au cou de votre seigneurie.

— Mais la lettre, la lettre, quelle est cette lettre? Qui l'a écrite? A qui? Que contient-elle de si précieux?

— Eh! sais-je un mot de tout cela, seigneur comte: rendez-moi le paquet; nous verrons bien. Elle dit qu'en produisant cette seule pièce, on est assuré de vous sauver la vie; hâtez-vous, car il paraît que, sans cela, cette affaire peut être fort dangereuse pour vous.

— Calme-toi, ma bonne Béatrix, ces papiers sont en sûreté; cours de ce pas prier de ma part don Félix de venir le plus tôt possible: ajoute que j'ai les plus importantes révélations à lui faire; qu'il se hâte.

Ne dis rien de la lettre ni du chagrin de ma mère. Retourne auprès d'elle, et...

— Eh! comment puis-je me présenter aux yeux de ma maîtresse sans ce précieux paquet? Seigneur, comment oser lui dire qu'il est entre vos mains? Voulez-vous donc me perdre?

— Bon! bon! ma mère sera trop heureuse d'apprendre qu'il est retrouvé; dis-lui pour la calmer, en attendant, que tu l'as placé par mégarde dans un coffre resté à Otéro; qu'il va lui être rendu; dis ce que tu voudras, mais il y va de ma vie qu'elle vienne ici sur-le-champ. Va, ma bonne Béatrix, ne perds pas un moment, tout va bien.

En même temps, il poussait dehors, sans aucun égard, la belle mexicaine, qui sortit assez mal satisfaite de sa visite. Perez, au contraire, était transporté d'aise; il se rappelait fort bien d'avoir parcouru des lettres et une relation qui traitait d'une affaire tragique; il en avait même retenu les détails propres à donner

de la vraissemblance à sa première déclaration devant le corrégidor, à Otéro ;
mais toutes les circonstances lui en échap-
paient maintenant. Il savait seulement
que la liasse existait, et qu'elle était dans
sa valise. En conséquence de cette cer-
titude, Perez avait déjà retrouvé toute
son insolence, et repris toutes ses prétentions, quand on vint le prier de la
part du gouverneur de passer chez lui,
pour y voir don Juan, qui demandait à
l'entretenir. Précédé d'un geôlier, il descendit les nombreux degrés de la tour qui
s'élève au-dessus du large portail du palais de l'Alcazar, et dont l'escalier vient
aboutir à une porte qui ouvre sur la gale-
rie intérieure de la première cour. Là un
sergent d'artillerie, porteur de l'ordre du
gouverneur, reçut le prisonnier des mains
du geôlier, et suivi de deux soldats, le
conduisit jusqu'à la porte de la *salle des
Rois*, où il resta faisant la garde avec ses
hommes.

Don Juan seul dans cette salle im-

mense considérait avec attention les or-
nemens arabes qui la décorent et qui éga-
lent en richesse ceux de la célèbre Alham-
bra de Grenade. Au moment où Perez
entra, don Juan, sans détacher les yeux
de l'objet de son admiration, lui dit d'un
air ravi :

— Parbleu, Perez, je te sais gré de l'occasion que tu me procures de voir toutes
ces belles choses, j'en suis charmé.

— Charmé ! moi je ne le suis guère.

— C'est que tu n'as pas l'ombre du goût;
c'est que tu ne prends pas garde à la délicatesse de ce travail.

— Au diable le travail, il me semble....

— Je te soutiens, moi, que nos décora-
tions modernes n'ont rien d'aussi somptueux que ces plafonds sculptés si artiste-
ment, et sur lesquels l'or est prodigué
avec tant de profusion. Je n'avais pas
l'idée d'une semblable conservation après
un si grand nombre de siècles.

— Don Juan, nous avons à parler de
choses plus importantes.....

— Mais regarde donc, Perez : moi je croyais trouver tout cela noir et enfumé comme une salle d'auberge. Point : ces dorures sont aussi fraîches que si les ouvriers venaient de les achever. Tiens, jusqu'aux statues de ces rois goths, vois donc....

— Je vois, seigneur don Juan, que votre esprit léger est incapable de rien considérer un seul moment du côté sérieux.

— Que dis-tu là ? interrompit-il en renonçant à sa contemplation : moi, léger ! pas un mot de cela, mon pauvre Perez ; je viens tout au contraire te faire part des solides réflexions que m'a suggérées ta singulière aventure. Eh bien, causons : ils veulent donc te faire pendre ; mais voilà qui n'a pas de nom ! il ne faut pas souffrir cela, morbleu !

— C'est bien mon intention ; mais est-ce là tout le fruit de ces réflexions solides que vous a inspirées mon infortune ?

— Ecoute, Perez, voici ce que je pense :

tout le mal est venu de ta sotte imagination de vouloir faire le gentilhomme; je t'avais bien dit que rien n'était plus ridicule; reprends ta besace, mon garçon...

—Gentilhomme! je le suis et je le maintiendrai.

— Quoi! tu persistes encore à te donner pour don Mariano, quand il est avéré que le fils de dona Isabel est poursuivi pour un assassinat?

—C'est moi, vous dis-je, qui suis le véritable comte de Villamayor, et quant à cette accusation, j'ai les moyens de la détruire et de couvrir de confusion ceux qui ont eu l'audace de l'intenter. Et, tenez, continua-t-il en s'avançant vers le corrégidor, qui entrait, et en lui prenant les mains, voici le cher don Félix, que son fidèle attachement pour un ancien ami amène comme vous auprès de moi.

— Sans doute, répondit Félix en affectant beaucoup d'empressement; sans doute, le sentiment a la plus grande part à la démarche que je fais, mais c'est

aussi le devoir qui la commande, et je
viens...

— N'importe, interrompit Perez : je
suis bien assuré que le devoir de ta charge
se conciliera sans peine avec celui de notre amitié, et que tu as déjà oublié les
petits démêlés. . . .

— Fi donc! mon pauvre garçon, que
vas-tu rappeler? dit don Félix avec une
feinte indignation; non, non, ne pensons
plus à cela, et procédons de bonne foi
en véritables amis, à te tirer de ce mauvais pas où tu te trouves engagé.

— Rien n'est plus facile, repartit Perez: j'ai, ou plutôt tu as en main la preuve
que cette accusation ne porte sur rien, et
mes papiers. . . . . .

— Je ne les ai pas lus, comme tu penses; j'en ai fait seulement un inventaire
en gros.

— Bien, bien! c'est tout ce qu'il faut;
ils sont restés en ta possession ?

— Oui, sans doute.

— Eh bien, tu me les apporteras, et...

—Non, cela n'est pas possible; mon greffier les a sous sa garde....

—Ton greffier! quelle raison! ne peux-tu pas toujours?...

—Eh! qu'importe, dit don Félix; puisque tu dis que ces papiers contiennent la preuve que le délit n'existe pas; tout va bien, nous n'avons pas besoin de retirer du greffe ces paquets inventoriés, qui sont là plus en sûreté qu'ailleurs. Le procès ne peut pas s'éviter, cela ne tient pas à nous; mais quand il sera temps, la production de ces preuves dont tu parles fera ta justification et arrêtera tout. Pour arriver à ce but, et suivre la marche ordinaire, je viens te faire signer le procès-verbal d'un premier interrogatoire, dont le but est de constater l'identité de la personne arrêtée, avec celle désignée dans l'ordre du tribunal. Ce que tu viens de m'apprendre m'épargne la peine de te prouver combien il est important pour toi de ne pas démentir ta déclaration d'hier, et de conserver les avantages du

rang de comte et du nom de Villamayor,
que tu vas signer ici.....

— Et voilà justement ce que je prétends qu'il ne doit pas faire, interrompit
don Juan; une fois engagé, il ne peut
plus retourner en arrière.

— Où donc est le danger? demanda
don Félix.

— En effet, continua Perez, dès que
mon innocence est établie?

— Et si la pièce ne se retrouve pas, objecta don Juan?

— Allons, allons, reprit Félix, quelle
idée! ne voyez-vous pas que don Mariano est sûr de son fait?

— Oui, sans doute, dit don Juan; il
est sûr que ce papier était parmi les siens,
mais si quelqu'un l'a fait disparaître?

— Fi! fi! s'écria Félix indigné : ce
quelqu'un, où se trouverait-il?

— La belle demande! répondit don
Juan; les accusateurs ne peuvent-ils pas
corrompre ton greffier; et, sans aller si
loin, toi qui parles, tu pourrais.....

— Moi! ah, seigneur don Juan!

— Toi, seigneur don Félix! fais donc
l'hypocrite : là, voyons, la main sur la
conscience : crois-tu de bonne foi, que si
l'on te proposait deux ou trois mille piastres pour ce mauvais papier, avec la
chance de voir pendre ton bon ami....

— Ah, don Juan! répliqua Félix avec
emportement : un cœur aussi noble que
le vôtre a-t-il pu concevoir une semblable idée? A quoi diable vous servent
l'esprit, la délicatesse, l'honneur qui vous
distinguent?....

— Oui, sans doute, ce sont là mes qualités les plus saillantes.

— La probité, l'élévation de l'âme....

— Tu me peins là trait pour trait, bon
Félix; mais parce que je suis un galant
homme, en seras-tu moins un fripon? moi
je te parle naturellement.

— Laissons ce badinage, seigneur don
Juan; il est aimable, mais....

— Mais je ne badine pas du tout : au
lieu de deux ou trois mille piastres, mets

dix mille, vingt mille…. Tiens, Perez, vois ses naseaux qui s'enflent déjà, et ses yeux qui s'ouvrent comme à la vue de la proie brillante que je lui signale; tu dis que je suis léger : eh bien, moi, je prétends avoir une meilleure tête pour les affaires que les deux vôtres ensemble. Félix est rancunier; il est vindicatif comme un moine; prends garde à lui, je te le répète; je le sais par cœur, et je suis convaincu qu'il n'a pas oublié les menaces et les outrages d'hier. Au reste, voici mon dernier mot : que Félix apporte ici tout à l'heure cette pièce; tu signeras ensuite que tu es le comte de Villamayor, vous aurez fait chacun une friponnerie de plus; mais vous n'êtes pas à cela près, et…

— Toujours de l'esprit, seigneur don Juan, interrompit le corrégidor, et sans doute l'esprit le plus brillant, mais vous ne songez pas que mon greffier…,

— Ton greffier est un drôle, donne-lui une piastre.—Soyons donc raisonnables.

— Donne-lui-en dix.

— Au nom du ciel, seigneur don Juan !

— Eh bien ! vingt, s'il le faut. Sais-je le tarif des consciences de greffiers ? Veux-tu qu'un homme comme moi te dise précisément ce que coûte une bassesse à ton pendard d'écrivain ?

— Je vous dis, seigneur, que l'on ne corrompt pas un homme de justice.

— Eh bien, fais la bassesse toi-même, et finissons-en. La pièce, la pièce, ou point de signature : voilà mon avis.

— Allons, allons, dit Perez en prenant la plume, il faut être plus rond en affaires, et je m'en rapporte à don Félix. Son intérêt est d'en agir loyalement avec moi ; le corrégidor sait bien, continua-t-il en signant, qu'il jouerait un coup trop hasardeux s'il me trahissait, et que la fortune de tous deux dépend de notre intelligence.

Don Félix, en lui serrant la main d'un air tout cordial, sembla remercier Perez de sa noble confiance, et se hâta de plier l'importante déclaration qu'il venait de lui faire signer au bas d'un interrogatoire préparé d'avance; il plaça ensuite le papier dans un portefeuille, et le remit à un alguasil qui l'attendait à la porte, en lui recommandant d'aller en faire le dépôt au greffe.

— C'est fort bien, dit don Juan en le voyant revenir; maintenant, tu peux te vanter d'avoir fait faire à Perez un premier pas vers la place de la Cébada, car l'affaire sera jugée à Madrid par le tribunal des alcades de cour.

— Non, répondit Félix; elle est du ressort de la chancellerie de Valladolid,

— Qui te l'a dit? interrompit Perez; tu prétendais n'avoir pas lu les papiers.

— Non sans doute, reprit Félix troublé par la question; non, mais.... La requête indique le lieu du délit, et c'est dans la circonscription de ce tribunal supérieur.

—Tout cela me paraît louche, observa don Juan Perez, je n'aime point cette signature; te voilà maintenant dans la main

de Félix, et il a intérêt à ce qu'on le dé-
barrasse de toi. Peu lui importe que la
pièce se dénoue sur la place de *la Cébada*
de Madrid, ou sur le *Campo grande* de
Valladolid. Toujours est-il trop vrai que je
ne vois que deux issues probables à cette
triste affaire. En effet, si tu as signé tout
à l'heure la vérité, et si tu es le comte de
Villamayor, faute de la pièce en question, tu seras conduit au lieu de la dernière scène, sur une belle mule, et dé-
cemment vêtu en habit noir, pour y périr
du noble *garrot*, (*b*) comme tout bon
gentilhomme. Si, au contraire, comme
j'incline à le croire, tu n'es que le roturier
Perez, alors, sur le pied de faussaire, on
te mènera pendre en souquenille de bure
et monté sur un âne comme un vilain.

Tandis que cette scène se passait dans
la *salle des rois* de l'Alcazar, la belle
Mexicaine, désolée de n'avoir pas ren-
contré le corrégidor chez lui, et n'osant
pas affronter la colère de sa maîtresse,
calcula que le plus sûr était d'attendre

loin d'elle que le temps eût débrouillé
cette fusée; et rentrant au couvent sans
la voir, elle alla concerter avec Pascuala
les moyens d'exécution de ce plan. De
son côté, dona Isabel était sortie dès le
matin; incapable de supporter plus
long-temps la mortelle inquiétude qui
l'avait dévorée toute la nuit, elle était
allée chez le corrégidor pour s'informer
de la demeure des personnes au nom
desquelles on avait arrêté son fils. Elle
fut long-temps à les découvrir dans une
petite maison des faubourgs, où les deux
sœurs étaient arrivées la veille avec l'huissier des alcades de cour, qui les avait
placées là chez une de ses parentes.

Dona Isabel se fit annoncer sans dire
son nom, et comme une suppliante; elle
aperçut en entrant Catalina couchée sur
un lit de repos, dans l'attitude du désespoir, appuyée sur l'oreiller, et sanglottant avec violence. Luisa, assise
près d'elle, semblait fatiguée de pleurer;
son mouchoir à la main, les yeux rou-

ges et secs, elle tenait ses regards fixement attachés à la terre, et ne les détourna
pas quand on annonça une dame qui demandait à être admise pour une affaire
urgente. Isabel courut se précipiter aux
pieds des deux jeunes personnes, en les
conjurant d'écouter sans courroux la
mère infortunée de celui qu'elles accu-
saient de leur malheur. — Croyez-moi,
ajouta-t-elle avec véhémence, croyez-
en celle dont la bouche n'a jamais pro-
féré le mensonge : mon fils est innocent
du crime qu'on lui impute, j'en ai la
preuve, signée par la triste victime
que vous pleurez si justement. Forcée
de m'éloigner au moment même du fatal événement, j'ai appris dans ma retraite éloignée que des poursuites juridiques avaient été commencées ; mais,
séparée du continent par de vastes mers,
et rassurée d'ailleurs par la disparution
de mon fils, contre les suites d'un procès
criminel, je ne pouvais sans imprudence
me dessaisir de cette pièce importante ;

je mis alors toute ma confiance en Dieu, espérant que sa justice désarmerait celle des hommes, et que le temps effacerait un injuste ressentiment.

— Relevez-vous, segnora, répondit Luisa d'une voix émue ; juste ou non, ce ressentiment n'occupe plus la première place dans nos cœurs.

— Mon Dieu, mon Dieu, reprit vivement Isabel, toujours à genoux, et levant au ciel des yeux où se peignaient l'amour et l'espérance ; mon Dieu, que je te rends grâce pour [avoir éteint si promptement dans leurs âmes la soif de la vengeance.

— De la vengeance ! répéta Catalina en jetant sur sa sœur un regard plein de feu, as-tu parlé de renoncer à la vengeance ?

— Ah ! pardon, pardon, segnora, dit avec un soupir amer la triste Luisa, vous voyez le désordre de son esprit, nous sommes bien malheureuses. En achevant ces mots, elle fondit en larmes.

Catilina s'assit sur le bord du lit où tout à l'heure elle était couchée, et regardant fixement devant elle, murmura tout bas : La vengeance! oui, je la demanderai au ciel et à la terre, je poursuivrai le misérable jusque dans l'enfer.

— Miséricorde! s'écria douloureusement Isabel, frappée de terreur : je croyais vos cœurs attendris!

— Reprends tes sens, Catalina, lui dit avec douceur Luisa, reviens à toi : pauvre malheureuse!

— Oui, oui, bien malheureuse, répondit la jeune fille avec accablement; puis s'animant tout-à-coup et agitant son bras comme s'il eût été armé d'un poignard, elle le leva d'un air furieux : Je te le dis encore, continua-t-elle impétueusement, je le poursuivrai partout, je lui percerai le cœur en présence du Roi, au pied même de l'autel. Rien ne me retiendra; tiens, lui dirai-je en l'immolant, tiens, lâche séducteur, qui

abusant de l'innocence d'une enfant, l'a
livrée sans défense à un impur ravis-
seur ; tiens, bête féroce, reçois le prix
de ton forfait. Que te demandais-je ? De
rendre la paix au cœur de mon vieux
père, et tu lui perces le sein ; de venger
ma famille, et tu la couvres d'opprobre.

— Catalina ! interrompit Luisa toute
confuse, que dis-tu là, ma sœur ?

— N'est - ce pas la vérité, Luisa ? ne
m'a - t - il pas perdue ? ne sommes - nous
pas tous deshonorés ? Ah ! poursuivit-elle
en retombant sur l'oreiller qu'elle mor-
dait avec rage ; oui, monstre de perfidie,
tu me tueras ou je serai vengée. Les sanglots recommencèrent à la suffoquer, et
Luisa, aidant Isabel à se relever, la fit
asseoir auprès d'elle, et lui dit triste-
ment :

— Segnora, un hasard malheureux
vient de vous révéler en partie un secret
pénible, et que j'avais l'espérance de cacher au monde entier. Vous en savez
assez pour juger que le premier objet de

notre vengeance n'est plus le meurtre d'un frère.

— Hélas! répondit doña Isabel, je venais vous demander des consolations, et je ne pensais guère vous trouver aussi affligées que moi-même. Je vous le répète, mon fils est innocent. La lettre qui le disculpe, tout entière écrite de la main de votre frère, don Isidro, ne me parvint qu'au port du Ferrol, où j'étais prête à m'embarquer pour la *Vera Cruz*. Cette lettre ne m'a jamais quittée depuis cet instant; mais dans le trouble de mon dernier déplacement, le coffre de mes papiers a été laissé au village d'Otéro, que j'habitais à peu de distance de la ville; dans quelques heures, je les aurai, et vous verrez la preuve de tout ce que je vous dis. Mais en attendant, l'instruction de ce malheureux procès se commence; le corrégidor est déjà près de mon fils à la tour. On a vu passer un carrosse venu de Saint Ildefonse; il vient, dit-on, d'amener les alcades criminels du tribunal de cour.

Peut-être est-il temps encore d'arrêter
cette funeste procédure ; au nom de votre frère, dont j'ai chéri l'enfance, de
votre bonne mère, qui m'a honorée de
son amitié, et qui tous deux vous con-
templent du haut du ciel, venez avec
moi à la tour, et suspendez les poursuites criminelles, du moins pendant
toute cette journée. Demain, il sera
temps de les reprendre et de les suivre
avec toute la rigueur que nous méri-
terons, si je vous ai trompées.

—Segnora, répondit Luisa d'une voix
calme, je suis disposée à croire tout ce
que vous me dites, et je vous avoue que
malgré le temps écoulé depuis cette funeste époque, et quoique je fusse alors
dans un âge fort tendre, je me rappelle
que mon frère, à ses derniers momens, a
tenu le même langage, au sujet de l'innocence de votre fils.

—Dieu soit loué ! interrompit Isabel.

—Je me souviens même qu'il a fait du
combat un récit détaillé et favorable à

4.

Mariano, toutes les circonstances m'en sont encore présentes ; mais la famille et moi-même, nous ne l'avons attribué qu'à la seule humanité de cet excellent frère ; nous étions aveuglés, nous n'écoutions qu'un désir passionné de vengeance ; Dieu nous en punit bien cruellement aujourd'hui.

— Oui, oui, bien cruellement, répéta Catalina dont les larmes coulaient alors avec une plus grande abondance. L'accès de délire qui l'avait saisie se calmait enfin, et sa raison un moment troublée commençait à se rasseoir.

— Hélas ! reprit Luisa, ce malheureux désir de vengeance était devenu comme une frénésie dans notre maison, elle a ulcéré le cœur de mon père, et fait le désespoir de toute sa vie. Cependant, depuis quelques années, l'affaiblissement causé par les maladies, l'âge, et l'accablement même de la douleur avaient émoussé cet aiguillon de haine, et cette fureur habituelle, fièvre ardente qui fai-

sait bouillir son sang dès qu'un mot
rappelait le souvenir du fatal événement.
Dimanche dernier, au moment où nous
sortions de l'église des Dominicains, où
reposent ma mère et nos deux frères, nous
entendîmes une rumeur autour de nous,
et bientôt on apprit à mon père la nouvelle singulière de l'événement d'Otéro.
Les domestiques d'un juge de Valladolid
qui s'était arrêté quelques heures à Valdestillas avaient raconté tous ces détails,
et surtout le retour inespéré de votre
fils.

Toutes les facultés de mon père furent
ébranlées de ce coup imprévu, il retrouva
les violences de ce caractère de feu dont
ma sœur a hérité. La fièvre le saisit, et,
dans l'impossibilité d'aller lui-même
poursuivre l'ennemi de sa maison, il
nous contraignit de partir et de l'abandonner, malgré sa maladie, pour venir
accuser ici Mariano.

Nous partîmes sous la conduite d'un
ecclésiastique très-protégé à la cour, dont

il connaissait presque tous les principaux
personnages ; son expérience devait nous
diriger. Mais le jour même de notre
départ, arrivées fort tard à *Santa-Maria-
de-la-Nieva*, le pauvre vieillard, après
avoir soupé contre son habitude, et cédé
trop facilement à un appétit de voyageur,
mourut frappé d'apoplexie : ce premier
malheur était un présage effrayant de
ceux qui nous allaient accabler. Que de
fois le ciel nous avertit ainsi qu'il réprou-
vait la passion dépravée de vengeance
qui gangrénait nos cœurs ; que de fois
il emprunta la voix des saints religieux
à qui nous allions demander un pardon
que nous n'avions pas la vertu d'accorder ! Nous avons été sourds à tous les
conseils, et la main de Dieu s'est appesantie sur nous. Au moment même où
nous obtenions enfin du ciel l'objet de
tant de vœux et d'importunités, l'unique
objet des désirs de mon père, la vengeance, il le frappait du dernier coup et
le rappelait à lui. Nous recevons ce ma-

un la triste nouvelle de sa mort, et l'on nous écrit qu'à ses derniers momens il a déclaré qu'il pardonnait à l'assassin de son fils, et se désistait de toute poursuite contre Mariano.

Isabel se jeta de nouveau à genoux, et pria tout bas avec ferveur, tandis que Luisa continuait.

— Oui, segnora, nous avons fait le vœu, ma sœur et moi, à la Vierge *de los dolores*, de ne plus poursuivre que le monstre qui nous a livrées à la honte en abusant de notre crédulité : quand nous aurons rempli ce devoir, nous irons chercher un abri contre la méchanceté des hommes, dans la solitude d'un cloître.

— C'est le ciel qui vous a inspiré cette généreuse résolution, dit dona Isabel en se relevant, et c'est lui qui m'a donné la force de venir me jeter à vos genoux. Je vous en conjure en son nom, venez avec moi jusqu'à la tour, vous y ferez votre déclaration devant le juge. Et en attendant que je mette sous vos yeux la lettre d'Isidro, mon fils vous fera le récit de ce malheureux combat; s'il est exactement conforme à la révélation dont vous vous rappelez les termes dans la bouche de votre frère mourant, tous vos doutes ne seront-ils pas entièrement dissipés, en considérant qu'il est impossible qu'ils se soient concertés sur un pareil sujet dans ce moment d'horreur et d'effroi?

— J'accepte cette épreuve, répondit Catalina en se couvrant de sa mantille. Viens, ma sœur, j'ai hâte de remplir la première partie de mon vœu. La Vierge condamnait cette vengeance, elle était injuste, elle nous prêtera son aide pour obtenir celle que nous avons jurée ce matin. Allons entendre l'accusé, ajouta-t-elle d'un air égaré, mon inspiration ne me trompera pas, et à le voir seulement, je saurai bien découvrir s'il est innocent ou coupable.

— Pauvre enfant ! murmura Luisa en
marchant sur ses pas , oui, ton coup d'œil
t'a bien servi. Fatal voyage ! funeste ardeur de vengeance , quels maux ne nous
as-tu pas faits ! quels malheurs nous ré-
serves-tu ?

CHAPITRE IV.

Sa faute le remord; Mégère le regarde
Et lui porte l'esprit à ce vrai sentiment,
Que d'une injuste offense il aura, quoiqu'il tarde,
Le juste châtiment.

MALHERBE.

Don Juan n'avait pas encore quitté la *salle des rois*, et le corrégidor, content d'avoir obtenu la signature qu'il désirait, prolongeait sa visite, afin de sortir en même temps que ce seigneur, et d'avoir occasion de le sonder sur ses dispositions à l'égard de Perez. La conversation de ces trois personnages prit enfin un tour assez gai, grâce à la futilité de don Juan. Loin de convenir que la main de la Providence eût conduit ces derniers événemens, dont la suite semblait devoir être fatale au prétendu comte, il ne voyait là qu'un jeu plaisant du hasard. Don Félix, en affectant de se scandaliser

un peu du récit, avoua qu'il était fort
amusant de voir le seigneur don Mariano
se donner tout ce mouvement et intriguer
de si bonne foi pour faire signer l'ordre
en vertu duquel il se trouvait en prison
à la tour.

— Et je te suis garant, dit don Juan,
qu'il travaillait à sa propre ruine avec
une ardeur toute particulière, car, sans
mon arrivée inattendue..... Mais laissons tout cela, et sachons un peu de lui-
même ce qu'il faut croire de ce meurtre.

— Quel meurtre? répondit Perez un
peu troublé.

— Cet assassinat, ce frère tué, que
sais-je? Comment cela s'est-il passé? toi,
mon pauvre Perez, tuer lesgens! je t'ai
toujours connu si pacifique.

— Certainement je n'ai tué personne.

— Que veulent donc dire ces femmes? car
enfin ce ne peut être un duel, tu as toujours professé la plus grande horreur pour
le combat singulier. Voyons, parle-nous
sincèrement, est-ce une affaire qui regarde

ton Sosie, le comte de Villamayor, car
tout cela me paraît fort embrouillé ?

L'entrée de dona Isabel interrompit
cette conversation. Les trois dames, conduites par le gouverneur de l'Alcazar,
étaient parvenues jusqu'à la porte de la
salle des rois, mais quand la porte s'ouvrit, Catalina, qu'agitait une fièvre ardente, sentit tout-à-coup ses forces l'a-
bandonner au moment de voir celui que
l'exaltation de sa tête lui représentait
encore comme l'assassin d'Isidro. Elle
tomba évanouie sur un fauteuil à l'entrée
de la salle ; Luisa et le gouverneur s'efforçaient de la ranimer, tandis que dona
Isabel, tout entière à l'idée qui la domi-
nait, ne voyant rien de cette scène, continuait d'avancer vers le groupe éloigné
des trois interlocuteurs.

—Mon fils, dit-elle à Perez en l'abor-
dant d'un ton fort animé, voici les dames qui t'accusent ; tout à l'heure encore
elles avaient soif de ton sang, parce
qu'elles croyaient leur vengeance légiti-

me, mais le ciel, touché de mes prières, vient d'amollir leurs cœurs et de les
disposer au pardon : achève de les convaincre de ton innocence ; pour la faire
éclater, tu n'as qu'à laisser parler la vérité, déclare ingénuement comment tout
s'est passé le jour de ce funeste combat.

— Voilà justement ce que je deman-
dais, dit don Juan, raconte-nous le combat, puisque décidément c'en est un.
Mais qui l'aurait cru de toi ? j'en doute
encore.

— Eh ! parbleu, répondit Perez, ce
combat..... vous devez bien vous ima-
giner comment on vide une querelle de
cette espèce ; ma foi, cela n'a rien eu
d'extraordinaire, et je....

— Comment, rien d'extraordinaire,
interrompit dona Isabel, oublies-tu qu'I-
sidro.....

— Un moment, segnora, interrompit
le corrégidor ; puisque c'est la fidélité
du récit que doit faire le seigneur don
Mariano qui constatera son innocence,

vous le serviriez mal en lui suggérant
une réponse.

—Eh! qu'importe, reprit Perez, pourquoi diable arrêter ma mère, et l'empê-
cher de s'expliquer?

—Par intérêt pour vous, seigneur don
Mariano, répliqua le corrégidor, c'est
de vous seul que ces dames attendent
une relation exacte de l'affaire.

— Oui, sans doute, continua Isabel :
elles ont entendu ce douloureux détail
de la bouche de leur frère mourant, et
si ton rapport est exactement semblable,
comme il ne peut manquer de l'être en
effet, elles ne douteront plus de la vérité : parle, mon fils, et mets ta confiance
en Dieu.

— C'est cela, dit don Félix, parlez,
seigneur comte.

— Allons, ajouta don Juan, rappelle
bien toutes les circonstances à ton souvenir ; j'avoue que je meurs d'envie d'entendre ce morceau d'histoire... Eh bien !
d'où vient que tu te tais? tu pâlis... Quelle

objection as-tu donc à opposer à une demande si naturelle?

— Moi! répondit Perez, avec un embarras visible, moi!... je n'ai certainement aucune raison, et je ne demande pas mieux que de dire la chose naturellement. Ce combat... parbleu, je m'en souviens, comme si c'était hier, et cela ne fait pas l'ombre d'une difficulté, mais, poursuivit-il d'un ton plus élevé en s'avançant vers les dames, vous voyez bien que l'une de ces jeunes personnes est sans conaissance, et l'autre est trop occupée pour m'accorder la moindre attention; laissons cela de grâce, nous y reviendrons dans un autre moment.

— Affreuse voix! murmura Catalina qui reprenait ses sens; ces accens odieux me poursuivront-ils donc partout? Ils partaient de là, continua-t-elle en écartant avec effort le gouverneur et Luisa; le scélérat est ici, je le sens à l'horreur insurmontable que j'éprouve.

Au même instant, elle aperçut Perez

qui n'était plus alors qu'à peu de distance,
et poussant un cri terrible, elle courut
comme pour se jeter sur lui, en répétant:
« Le voilà, le voilà, mon instinct ne m'a
pas trompée. » Luisa saisit aussitôt la main
que, dans un transport frénétique, la
violente Andalouse portait aux yeux de
Perez; dona Isabel s'empara de l'autre,
mais leurs forces réunies, jointes à celles
du gouverneur, parvenaient à peine à
contenir la jeune fille, qui se débattait
avec un vigueur surnaturelle, en s'é-
criant : Laissez-moi, le voilà, l'infâme
suborneur, dont je dois me venger.
Comment se trouve-t-il ici? me pour-
suit-il encore? Pense-t-il que ma ruine et
mon déshonneur ne soient pas con-
sommés?

— Lui! répondit dona Isabel, vous
êtes dans l'erreur, mon enfant, vous
parlez à mon fils; et son innocence...

— Son innocence! répéta Catalina
en poussant de nouveaux cris, l'innocence de ce monstre de perfidie et de

bas sesse! C'est lui qui a ouvert l'abîme sous mes pas; c'est lui qui m'a livrée....

— Tais-toi, ma sœur, interrompit Luisa; au nom du ciel, ne dis pas un mot de plus.

La prière était superflue; la malheureuse enfant, terrassée par un nouvel accès de la fièvre dévorante qui brûlait son sang, venait de retomber expirante dans les bras de sa sœur. On la transporta dans un appartement voisin, occupé par la mère du gouverneur, et Luisa la suivit, palpitante d'effroi et le cœur brisé.

— Hélas! dit Isabel accablée de ce coup, voilà ma dernière épreuve; mon fils est donc maintenant l'unique objet de leur double vengeance, et j'ai perdu le titre sur lequel je fondais l'espoir de prouver qu'on l'accuse injustement. Qu'allons-nous devenir?

— Eh morbleu! segnora, lui demanda Perez en affectant une grande liberté d'esprit, où donc est cette confiance en

Dieu, dont vous faisiez tout à l'heure tant
d'étalage? Allez, allez, reposez-vous sur
moi seul du soin de produire cette preuve
dont vous parlez, tout s'arrangera sans
importuner le ciel de nos petites affaires.

— Impie! répondit Isabel du ton le
plus imposant, rappelle - toi que c'est
dans cette même salle que le roi Alphonse, qui usurpa le titre de sage (c), osa
proférer un horrible blasphème. Il disait
que si Dieu l'avait appelé à son conseil,
au moment de la création du monde,
il lui aurait donné de bons avis......
Eh bien! lève les yeux maintenant. Cette
même voûte dorée était alors suspendue
sur sa tête: vois-tu la ligne noire qui la
traverse, là cette corniche brisée, et au-
dessous une statue mutilée? c'est la trace
de la foudre que Dieu lança au même
instant sur le blasphémateur, mais que
sa bonté détourna. Tu me braves, mon
fils; je te pardonne à l'exemple de Dieu,
mais crains de lasser sa patience.

Le respect contint un moment Perez et

don Juan; mais à peine dona Isabel fut-
elle éloignée, que les pervers, éclatant de
rire, tournèrent en dérision la piété de
cette excellente femme, et s'épuisèrent
en plaisanteries sur la citation historique
empruntée au *cicerone* officiel de l'Alcazar. Cependant, peu satisfait de l'embarras de Perez au sujet de l'explication du
combat, et inquiet du ressentiment profond de la jeune fille, victime de leurs
manœuvres, don Juan comprit enfin que
toute cette affaire tendait à le compromettre. Il quitta donc son protégé
aussi légèrement qu'il l'avait abordé,
et lui souhaitant une bonne chance, il
sortit en riant tout haut de l'histoire
d'Alphonse-le-Sage, et de la longue
ligne noire qui témoignait encore de la
colère divine, après six siècles révolus.
Don Juan se jouait des lois de l'honneur
et de la morale, il se livrait sans honte
aux excès de la vie la plus dissolue; mais
il se serait pourtant fait scrupule de man-

quer la messe un seul jour. Ce n'était point
de l'hypocrisie, c'est une allure espagnole
qu'il suivait machinalement. On est assez
religieux en Espagne, quand on prati-
que assidûment les devoirs extérieurs
de la religion. L'autorité ecclésiastique
ne s'informe pas de votre croyance,
pourvu que vous récitiez le *credo* ; ce
n'est pas le repentir de vos fautes qu'elle
vous demande ; c'est un billet de confes-
sion ; et le premier capucin venu en dé-
livre pour quelques sous, sans entendre
le pénitent. Cette dévotion est si facile
et si productive, que personne ne s'en
fait faute. Don Juan remontait donc à
pied la longue rue qui mène de la tour
à la cathédrale, où il voulait entendre la
messe. Don Félix profita de la circon-
stance pour jaser avec lui du sujet qui
l'intéressait, et la voiture les suivait à
quelques pas. Tout en marchant, don
Juan dit à Félix : Regarde moi un peu
sans rire, seigneur corrégidor, crois-tu

sincèrement à cette comédie du comte
de Villamayor, ou fais-tu le paillasse
dans la parade qu'il nous joue?

— Écoutez, répondit Félix, je vais
vous parler naïvement : j'aime Perez, ou
Mariano, comme vous voudrez, et je
voudrais le tirer de ce mauvais pas. Par
malheur il me déteste et n'agit pas fran-
chement avec moi. Il s'imagine que je
m'efforce de le détruire dans votre esprit.

— C'est faux ; tu m'as parlé toujours
de lui très-favorablement.

— Oui sans doute, mais j'ai la mal-
adresse de dire encore plus de bien de
vous, et cela le fâche. Non que je dé-
guise vos défauts, ce n'est point là mon
caractère, vous êtes trop franc, trop naturel, trop bon.—Eh oui! j'ai tous ces dé-
fauts-là.—Oh! je condamne sans pitié de
tels excès; je le dis tout haut et à qui veut
l'entendre, mais si je révèle le mal, j'a-
voue courageusement ce que je trouve en
vous de digne d'éloges, et le pauvre garçon ne me pardonne pas cette franchise.

—Quoi! tu penses qu'il se plaît à entendre parler mal de moi?

—Non pas précisément, mais il n'aime pas que vous lui soyez supérieur en talens, en bonne mine.....

—Ah! tu le connais bien; oui, sa prétention avouée, c'est d'avoir en effet meilleur air que moi. Il me l'a presque dit en face l'autre jour; le pauvre Perez ne manque pas de présomption.

—Allons, seigneur don Juan, dit Félix d'un ton cafard, il est absent, il est malheureux, point de médisance; vous avez bien assez d'esprit pour vous passer de ce moyen d'en montrer. Cherchons plutôt ensemble les moyens de le servir; à la vérité, ce ne sera pas sans vous compromettre un peu.

—Je ne veux pas me compromettre du tout Félix.

—Eh bien! je me sacrifierai donc tout seul, car je suis réellement très-tourmenté de sa situation. Nous voici devant ma porte : assurons-nous d'abord que cette pièce dont il est si fort occupé se trouve parmi ses papiers, je vous la remettrai et vous en ferez l'usage convenable.

— A la bonne heure, répondit don Juan, faisons ensemble cette revue; nous saurons à quoi nous en tenir, et nous prendrons en même temps connaissance de cette singulière affaire.

Don Félix introduisit don Juan dans les bureaux où les pièces trouvées dans les coffres de Perez étaient déposées, et numérotées avec soin, d'après un procès-verbal signé par l'alguasil, et dont il avait emporté une copie. Le corrégidor fit remarquer ces particularités à don Juan, en observant que ses plaisanteries au sujet de la soustraction de l'un de ces documens étaient dénuées de justesse, quoique très-spirituelles d'ailleurs et pleines d'agrément.

— A moins cependant, lui dit don Juan, qu'un fripon de corrégidor laissé

seul au milieu de ces paperasses avant la
vérification....

— Fi! fi! seigneur don Juan.

— Que sais-je? Tu ne vaux rien, et tu
détestes Perez, quoi que tu dises. Sup-
posons seulement que pendant que l'alguasil conduisait l'accusé à pied, à l'autre
extrémité de la ville.....

— Allons, allons, parlons sérieuse-
ment : voyons, reprenons ces liasses, et
tâchons d'y puiser des renseignemens uti-
les à notre pauvre ami.

Ils se livrèrent en effet à ce travail pendant quelques heures, et à mesure que
la lecture avançait, Félix faisait avouer à
don Juan que le véritable fils de dona Isabel pouvait seul être possesseur de toutes
ces pièces. Cependant celle qui importait
au salut de l'accusé ne se trouvait pas.
On voyait bien au détail d'une lettre de
dona Isabel, qu'elle avait eu ce titre entre les mains; mais l'original ne paraissait nulle part.

— Voilà qui est fâcheux, dit don Juan.

— Très-fâcheux, répéta Félix; rien de ce que nous avons vu ne détruit l'accusation.

— Tu crois donc, corrégidor, que le pauvre garçon court grand risque de voyager en gentilhomme, sur une mule, de la prison royale de Valladolid au *Campo Grande*.

— Hélas, il y a grande apparence.

— Et tu ne vois aucun moyen de lui sauver ce désagrément?

— Aucun. Il est temps de nous occuper de vous, et c'est là ce qui me touche le plus. Vous êtes fort sensible, et votre présence ici n'est point utile à notre ami.

— Oui, Félix, on m'a toujours recommandé d'éviter les émotions un peu trop vives, et je sens que je serais très-affecté de l'accident de ce pauvre diable. Je n'ai pas trouvé de toute l'année le moment de placer un voyage à Barcelonne, où le besoin de mes affaires m'appelle depuis long-temps; je vais m'y rendre

sans délai, et tu me tiendras au courant
de ce qui se passera : qu'en penses-tu?

— Allons, répondit Félix avec humeur, il est dit que vous me donnerez
toujours des leçons de sagesse et de prudence. Quand ces esprits fins et subtils
qu'on s'obstine à nommer frivoles, se
donnent la peine de creuser une idée, il
la pénètrent si profondément, qu'ils n
nous y laissent plus rien à voir. Oui
oui, partez, éloignez-vous d'un funest
spectacle, des criailleries, des supplica
tions; avec les défauts que je vous ai re
prochés, et que vous êtes forcé de con
fesser, vous vous laisseriez peut-être all
à des démarches qui ne seraient pas sa
danger.

— Tu vois juste, mon brave don Féli

— Votre frère est malade à Madrid..

— Tu crois?

— Très-malade, vous dis-je, je vous
donne la nouvelle; nommez-moi, si v
voulez, et prenez congé de la cour; p
tez aujourd'hui même, et tant mieux

vous trouvez en arrivant le duc en bonne
santé; alors vous vous mettrez immédiatement en route pour Barcelonne. Allez,
ne perdez point de temps ici; vous en-
tendrez la messe à Saint-Ildefonse, pendant qu'on fera vos paquets. Moi je vais
aller passer la journée à la cour, après
avoir donné des ordres pour que le prisonnier soit expédié sans délai pour Valladolid; je crains aussi ma sensibilité.

Tout fut exécuté conformément au
plan improvisé par le corrégidor. Il serait
difficile de peindre l'étonnement de Perez, quand on lui signifia dans la matinée l'ordre du gouverneur, de descendre pour qu'il fût fait remise de sa
personne à un alguasil qui l'attendait à
la porte de l'Alcazar avec une voiture es-
cortée. Il demanda et obtint le délai
d'une heure, pour faire prendre ses effets
et son argent. Il écrivit à Félix, à don
Juan et à dona Isabel. Le temps accordé
n'était pas encore expiré quand il reçut
les réponses à ses divers messages. Don

5.

Félix était parti pour Saint-Ildefonse avec
don Juan, qui avait laissé des ordres
pour qu'on fît immédiatement disposer
des relais pour lui sur la route de Madrid.
Dona Isabel était à l'office avec les reli
gieuses, et ne devait en sortir qu'à mid
enfin le fidèle Andrez avait, dès le mat
fait charger tous les effets de son ma
et les siens sur une légère voiture a
de deux mules, et venait de part
grand galop ; on ignorait la dir
qu'il avait prise. Ces nouvelles
accablantes pour Perez ; le mom
parut venu de déclarer qu'il n'éta
le comte de Villamayor, et, en
quence, il pria qu'on le condu
gouverneur, pour une commun
du plus grand intérêt.

On lui répondit de sa part qu'
vait point qualité pour entendre d
positions ; en conséquence, sa seig
le priait de le laisser tout entier aux soins
qu'il donnait à la malheureuse victime
de son forfait, prête à périr en ce mo-

ment même, au milieu des plus cruelles
souffrances. En effet, on n'avait pas pu
transporter Catalina, et les deux sœurs
étaient restées à l'Alcazar, dans l'appartement de la mère du gouverneur.

Perez, forcé d'obéir à l'ordre qu'on venait de lui signifier de nouveau, déguisa
le profond dépit qu'il éprouvait, sous un
masque riant, et conservant l'espérance de
conjurer le danger, en faisant connaître
son véritable nom, il monta dans le carrosse avec une apparente tranquillité;
mais en dépit de tous ses efforts pour
faire bonne mine à la fortune adverse, il
était pâle d'effroi. L'impie avait beau repousser avec obstination les idées de Providence et de justice divine, elles reve-
naient l'assaillir sans relâche. Les paroles
menaçantes de la jeune fille si bassement
outragée retentissaient toujours à son
oreille comme un arrêt de mort; il se
niait encore à lui-même qu'il éprouvât
des remords, et déjà son cœur en était
déchiré.

CHAPITRE V.

Tantæ ne animis cælestibus iræ?
VIRGILE.

Tant de fiel entre-t-il dans l'âme des dévots!
BOILEAU.

C'EST en vain que don Matias travaillait avec ardeur au procès des contrebandiers, dans l'espoir de le terminer assez tôt pour retourner à Ségovie, et déjouer l'intrigue de Perez ; chaque jour ajoutait un nouvel incident à cette procédure, déjà si compliquée. Cependant les lettres de Térésa pressaient vivement son départ, et lui causaient une douloureuse inquiétude. On connaît maintenant le motif secret qui, plus que toutes les raisons de prudence invoquées par le duc de Berwick, prescrivait à Matias de ne point réclamer hautement son nom et son rang usurpés par un imposteur. Il savait qu'une action criminelle avait été intentée contre lui par don Francisco Arénal, qui vivait encore, et nourrissait son injuste ressentiment. Matias, convaincu que Perez disparaîtrait en recouvrant la liberté, ne faisait pas entrer dans ses calculs la possibilité de l'arrestation de cet homme à sa place. Il avait le projet de s'informer à Valladolid de l'effet que l'apparition du faux Mariano produirait sur l'esprit du vieux don Francisco, et de travailler en conséquence à détromper le vieillard et à le convaincre de l'innocence du prétendu meurtrier d'Isidro. Son but était d'obtenir ainsi sans bruit le désistement de l'accusation toujours subsistante.

Les premiers renseignemens qui lui furent donnés au sujet des dispositions de don Francisco confirmèrent Matias dans la résolution de ne pas se découvrir encore avant le départ de Perez; il en attendait la nouvelle de jour en jour, et ne

pouvait comprendre l'audace de l'intrigant qui s'obstinait à tenir dans un poste
aussi dangereux pour lui. Telle était sa
pénible situation, quand il apprit la mort
du duc de Berwick. Cette nouvelle mit
le comble aux chagrins de Matias ; en
perdant son meilleur ami, il voyait s'é-
vanouir l'espérance de recevoir de l'Andalousie des documens authentiques propres à prouver la fourberie de Perez. Il
eût suffi de ces papiers adressés au comte
de Mansilla, en le priant d'en donner
communication au faussaire, pour déterminer le misérable à prendre immédiatement la fuite. Mais enfin cette dernière ressource lui échappant encore, don
Matias s'arrêta au parti désespéré d'aller
lui-même se nommer à Perez, de lui
donner avis de la procédure commencée
contre Mariano à la Chancellerie, et de
lui faire connaître le péril attaché au
rôle qu'il avait osé prendre. Débarrassé
de l'intrigant, dont la présence lui était
funeste de tant de manières, il se pro-

posait de se découvrir alors à sa mère
et à la famille Mansilla, et de revenir
ensuite travailler à conclure une paix solide avec le vieux don Francisco Arénal.

Ce projet arrêté, Matias alla demander un congé de peu de jours au premier
président de la Chancellerie, don Joseph
Crégenzan-y-Monter, qui l'avait accueilli
comme un fils, et qui continuait à lui
témoigner le plus tendre attachement ;
il trouva ce respectable vieillard en con-
férence avec le comte del Pinar, gouverneur des chambres criminelles.

— Entrez, don Matias, lui dit le président, nous agitons une affaire à laquelle
vous n'êtes pas étranger : le comte me
gronde, et il a raison. Nous sommes sur-
chargés d'affaires qui ne finissent pas :
une foule de familles languissent ici dans
l'attente de nos jugemens, qui, seuls,
peuvent terminer tant de discords, et fixer
leur état. Je vois avec douleur que tel
procès se poursuit ici depuis vingt ans,
sans qu'on puisse encore assigner l'épo-

que probable où l'arrêt sera rendu, il
faut un terme à ce désordre.

— Oui, sans doute, dit le comte, et
jamais le remède ne fut plus urgent; non
que le mal soit plus grand aujourd'hui
que depuis deux siècles, mais les conséquences en deviennent plus effrayantes
de jour en jour. L'exemple de nos voisins
les Français fait maintenant fermenter
nos pauvres têtes espagnoles; on ne s'en-
tretient plus ici, comme chez eux, que
d'abus et de réformes; et nous devons,
en bons et loyaux sujets, ôter tout prétexte à de justes plaintes, au moins en
ce qui nous concerne.

— Hélas! reprit le président, il est
vrai que nous n'avons ici que trop de
partisans du système de ces brouillons
qui bouleversent la France en ce moment pour améliorer ses institutions.
Que de sots et de fous dans notre Espagne parlent de renverser les nôtres,
et qui n'ont pas un seul instant pris la
peine de les étudier. On les embar-

rasserait beaucoup en leur demandant
d'indiquer exactement où est le mal. Le
comte me fait observer qu'il existe réel-
ment pourtant, mais non pas dans les
choses ; c'est dans les hommes qu'on doit
le chercher, dit-il, c'est là qu'il faut appliquer le remède ; j'entends cela. Par
exemple, l'organisation de nos tribunaux est parfaite, nos lois civiles et
criminelles sont excellentes ; mais les
juges sont routiniers et paresseux. Moi,
tout le premier, j'ai vieilli dans des ha-
bitudes de mollesse et d'insouciance que
j'ai trouvées tout établies, et dans lesquelles mon successeur s'endormira sans
doute à mon exemple ; voilà ce que le
comte ne me dit pas tout à fait, mais ce
qu'il me fait comprendre ; et je ne blâme
point sa franchise.

— Je suis loin d'avouer, répondit le
comte, tout ce que votre seigneurie
illustrissime veut bien me faire dire, surtout en ce qui concerne l'excellence de
nos codes civils et criminels ; je pense

seulement que ces lois, telles qu'elles
sont, suffisent aux besoins de notre société actuelle. Je porte le même jugement sur l'ensemble de nos institutions ;
je ne dis donc point qu'elles sont bonnes,
mais que les hommes d'aujourd'hui, tels
que les a faits l'éducation en Espagne ;
sont moralement trop débiles pour en
supporter sans danger la réforme. Le
vice est dans l'éducation, et ce mal est
irréparable pour la génération valétudi-
naire qu'elle a produite, un régime vigoureux la tuerait. En attendant le terme
trop éloigné où l'on pourra songer à
régénérer ce malheureux pays par la
base, et à former des esprits plus sains
par un autre mode d'enseignement, mon
avis est que le sort de notre Espagne ne
peut être amélioré que par une direction
nouvelle de nos anciens principes de
gouvernement. Sans parler de nos Cor-
tès, qui sont vivantes, quoique muettes
et enchaînées, et dont le spectacle a encore charmé les regards des Espagnols,

il y a moins de trois ans; sans agiter
des questions intempestives sur le Saint-
Office, dont la raison publique semble
avoir éteint les buchers, et que la sagesse
de Charles III a déjà circonscrit dans les
attributions d'un tribunal de police religieuse et politique; enfin, sans ébran-
ler l'édifice social par le moindre chan-
gement dans ses formes, que le ministère, que les conseils suprêmes et les
corps judiciaires conçoivent une fois
l'idée du bien général, et le bien se fera;
mais qui songe à cela?

— C'est nous, mon cher comte, s'é-
cria le bon président que cette pensée
généreuse tira pour un moment de sa lé-
thargie castillane, c'est à nous d'y songer. Oui, donnons le premier exemple
d'une réforme personnelle opérée sur
nous par nous-mêmes en vue du bonheur public; n'en doutez pas, les béné-
dictions qui seront notre récompense seront entendues de Madrid et de toute l'Espagne, une heureuse émulation échauf-

fera bientôt tous les agens du pouvoir, et
il le sentiront s'affermir dans leurs mains
à mesure qu'ils le purifieront. Voyons,
mes enfans, faisons notre examen de
conscience.

— Excellent homme! dit froidement
le comte; oui, sans doute, si toutes les
âmes répondaient à la vôtre, notre pa-
trie, replacée sur les bases de la prospé-
rité, pourrait fleurir encore et porter de
nouveau ces beaux fruits qui firent quelque temps son orgueil et l'envie des autres nations. Mais considérez le pays
sans industrie, vivant médiocrement des
fruits d'une agriculture languissante,
dans des contrées dépouillées de bois,
sans canaux ni rivières navigables, et
dont les chemins, infestés de voleurs,
sont en si petit nombre; voyez une population déjà si réduite, incessamment
absorbée par des colonies hors de toute
proportion avec la puissance et les besoins de la métropole, et décimée par la
superstition au profit des couvens. Le

commerce, cette source inépuisable de
richesses chez nos voisins, se borne chez
nous à l'exportation de nos laines ; tous
nos biens consistent en récoltes d'or et
d'argent qui nous viennent d'Amérique,
et s'échappent aussitôt de nos mains
pour solder les comptes des marchands
étrangers qui nous approvisionnent ; ici
le pouvoir seul est productif, c'est notre
unique exploitation, et toute l'industrie
espagnole s'applique à en grossir les re-
venus ; on ne le brigue qu'en vue de
ce qu'il rapporte ; est-il donc raisonnable de s'attendre à trouver quelque
ressort, un peu d'élan dans ces âmes
qu'anime seulement un sordide intérêt ?
Ajoutez à ce mal les préjugés et les rap-
petissemens d'une dévotion stupide, qui,
grâce à l'activité des moines, pénètre
tous les jours plus avant dans nos mœurs
et tend à faire tomber la nation en enfance. Non, non, n'espérez pas les brillans résultats que votre imagination,
trompée par votre bon cœur, envisage

avec tant de plaisir; faisons le bien par conscience, et abandonnons - nous à Dieu.

— Mon cher comte, observa le président avec un soupir, voilà le langage des détracteurs, des ennemis de l'Espagne.

— Je l'aime pourtant avec passion, repartit le comte; le dépit de l'amour a quelquefois la couleur de la haine, mais un esprit juste et droit, sans s'arrêter aux mots, pénètre jusqu'à l'intention, et ne juge que le motif; je n'ai donc pas besoin de me défendre devant vous.

— Non, non, je vous connais, et je vous entends bien, dit le président; mais enfin voyons, cherchons ensemble les moyens de diminuer autant qu'il est en nous la masse des maux que je ne puis nier.

— Je me propose, répondit le gouverneur, de vous présenter l'ensemble de mes idées à ce sujet avec plus de dé-

veloppement; en attendant, pour ne parler que des deux chambres criminelles
sous ma présidence particulière, quoique l'activité du seigneur don Matias ait
produit des miracles dans l'affaire des
contrebandiers, ce procès est encore
loin de son terme, et ceux des particuliers restent ainsi suspendus. On murmure : nos retardemens éternels sont
traités de déni de justice.

— Que faire à cela? répliqua le président : le ministre ne nous a-t-il pas
enjoint par une cédule royale de nous
livrer immédiatement et sans interrup-
tion à cette cause, qui est celle du gouvernement ?

— La réponse est facile, dit le comte
del Pinar : c'est ici le cas d'exécuter votre
courageuse résolution. Opposez au ministre l'ordonnance de la reine Isabel qui
prescrit à ce tribunal supérieur d'instruire
chaque mois deux procès au moins entre
particuliers domiciliés dans les limites de
notre district, et ce nonobstant toute in-

jonction contraire du ministère, *même par cédule signée de la main du Roi.*

— Comte, comte ! ce serait bien de la hardiesse, objecta le président mollissant déjà.

— Eh bien ! répondit le comte avec tristesse, avais-je tort d'avancer que ce ne sont pas les institutions qui nous manquent !

— J'achève votre phrase, ajouta le président : ce sont les hommes fermes et attachés à la lettre de la loi ; mais au nom du ciel, est-ce à moi de donner l'exemple d'affronter le pouvoir dans ce moment difficile, où ses embarras réclament toute notre assistance ?

— Je ferais ce que j'ai dit, répliqua le comte, et je croirais le servir, bien loin de l'affronter ; c'est l'aider puissamment, que de le faire aimer des peuples, puisque leur haine peut le renverser. Mais, enfin, ce moyen vous répugne, il nous en reste un autre. Révoquez les congés accordés, interdisez-vous la faculté d'en donner de nouveaux, jusqu'à ce que nous ayons atteint le courant de nos affaires; enfin, formez une troisième salle dans mon département, composée de trois alcades criminels présidés par don Matias. Cette nouvelle chambre s'occupera des procès particuliers, tandis que nous achèverons celui des contrebandiers.

—J'accepte, j'accepte, dit le président avec un soupir de soulagement : cela est sans danger et concilie tous les intérêts.

—Excepté les miens, interrompit don Matias; et j'avoue que je ne me sens pas la magnanimité de les sacrifier en ce moment, même à de si grandes considérations. Le bonheur de toute ma vie dépend de ma présence à Ségovie, et je ne demande que quatre jours pour m'y rendre, et revenir ici reprendre mon service.

— Impossible, seigneur don Matias, reprit le comte del Pinar; ma visite à sa seigneurie illustrissime avait pour but de

l'entretenir d'un fait que je vais lui expo-
ser devant vous. La ville tout entière est
en rumeur à l'occasion de la nouvelle qui
vient de se répandre de l'arrestation d'un
assassin. Cet homme, à tort ou à raison,
inspire ici la plus profonde horreur. La
famille, que le crime qu'on lui attribue
a plongée dans la douleur, tient à tout ce
que Valladolid a de respectable ; on demande à grands cris la punition du coupable, et déjà les mauvais esprits répan-
dent le bruit que cet homme, protégé à
la cour et ami des plus grands seigneurs,
ne sera pas même mis en cause. On ra-
conte avec des circonstances odieuses un
attentat nouveau qui ajoute la honte et le
déshonneur aux malheurs des victimes
de son premier forfait. Il faut donc imposer silence aux méchans, le véritable
intérêt de l'Etat nous le commande, et
notre devoir nous en fait une loi.

—Il suffit, comte, dit le président ;
j'ordonne la disposition que vous m'indi-
quez ; faites tout préparer, pour qu'elle

soit exécutée sans délai. Qu'on remette au seigneur don Matias les pièces de ce nouveau procès, afin qu'il puisse s'en occuper immédiatement et sans nuire à l'expédition de nos autres affaires.

L'arrivée de plusieurs visites donna un nouveau cours à l'entretien.

Eh bien ! demanda le président, a-t-on des nouvelles de France ? est-il assuré que ces extravagans aient proclamé la république !

— Oui, sans doute, répondit un vieux juge; et ne devait-on pas s'y attendre d'un peuple qui a renversé l'antique et respectable édifice de ses parlemens ?

— Et les chapitres, ajouta un chanoine vermeil.

— Et la noblesse, poursuivit le comte del Pinar.

— Au surplus, reprit le chanoine, grâces au ciel, les événemens du dehors occupent beaucoup moins les esprits aujourd'hui, que la grande cause dont la chancellerie va être saisie. Déjà on lui donne à dessein dans le public une assez grande importance pour que nous soyons assurés qu'elle fera trève, du moins pendant quelques jours, aux idées de république et de révolution. Je viens de voir entrer le coupable, et quoique le bruit de son arrivée ne fût pas répandu depuis plus d'une heure, toute la population s'était portée au-devant de lui, sur la route de Madrid; la foule remplissait l'immensité du *Campo grande*.

— Il n'a pas fallu beaucoup d'efforts pour animer contre lui toute la ville, dit le vieux juge; un des hommes de l'escorte, venu en avant pour donner avis de son approche au capitaine général, a conté la tentative du misérable, pour assassiner les deux filles de mon malheureux parent, qui étaient allées solliciter à la cour l'ordre de le faire arrêter. On assure que Catalina est devenue folle, et que Luisa est cruellement mutilée.

— Ce qui frappe le plus le peuple, continua le chanoine, c'est l'accomplis-

sement d'une prédiction faite depuis
long-temps à cette famille par une
bohémienne, dans la nef des dominicains du grand couvent de Saint-Paul,
et que je viens d'entendre répéter tout à
l'heure à ces bons pères, chez lesquels
la foule se porte en ce moment.

— Une bohémienne, une prédiction !
dit le président avec humeur ; comment les
respectables pères peuvent-ils entretenir
l'esprit du peuple de pareilles misères ?

— Cette bohémienne s'est convertie
aux prédications des dominicains, répondit le chanoine ; depuis elle est morte
en odeur de sainteté. D'ailleurs tous les
moyens ne sont-ils pas bons pour combattre le fanatisme révolutionnaire, et
présenter un objet à l'activité des esprits
en fermentation ? — Tous, non pas, interrompit vivement le président.

— Prenez garde ! cria le chanoine à
tue-tête ; votre seigneurie illustrissime,
dans la candeur de son âme, et n'écou-
tant que la bonté naturelle de son cœur,

ne voit pas que sa proposition mène
droit à l'hérésie, et mon devoir de *quali-
ficateur* du Saint-Office veut que je l'aver-
tisse de cette tendance. Dieu me pré-
serve de laisser croire que je suppose la
moindre intention coupable à l'homme
le plus pieux de nous tous, et que je res-
pecte autant que votre seigneurie illustrissime; mais j'ai dû lui parler ainsi.
Peut-elle ignorer que les jacobins de
France ont ici comme dans toute l'Espagne des correspondans et des complices? Ne se rappelle-t-on plus ces
affiches scandaleuses et impies placar-
dées sur les portes d'un couvent, et qui
présentaient la liste des biens du clergé
vendus en France par les démons de
l'enfer, nommés révolutionnaires? Eh
bien! ce matin même, les fidèles ont
encore été saisis d'indignation, en voyant
des affiches semblables collées sur les
portes de tous les couvens, et jusque sur
les murs de l'Archevêché!
—Vous me faites frissonner! s'écria le

bon président avec une sainte horreur.

— Voilà pourtant où l'on veut nous conduire, dit à son tour le vieux juge, en enchérissant de fureur sur le chanoine ; c'est à la religion qu'on s'attaque, c'est elle qui est menacée, et tout bon chrétien doit s'armer pour la défendre. C'est dans ce but louable que les bons pères de Saint-Dominique ont rappelé la prédiction de la bohémienne ; ils rapportent qu'elle a déclaré que l'assassin était possédé du démon des jacobins de France. Elle a prédit qu'il ne reparaîtrait qu'après qu'Arénal le père aurait été rejoindre sa femme et ses deux fils, dans la tombe qu'il leur a fait ériger à l'entrée de la nef du grand couvent. Or, il est notoire que le service funèbre n'était pas encore fini ce matin à l'église des Dominicains pour l'enterrement de mon malheureux parent, quand la nouvelle de l'arrestation du scélérat y est parvenue.

— Ajoutez, reprit le fougueux chanoine, que la bohémienne a prédit que

la religion serait menacée des plus
grands dangers si le coupable n'était
pas puni, et que le peuple est déterminé
à le déchirer de ses mains, si justice
n'est pas faite.

— Seigneur don Frutos, dit le président d'un ton sévère au chanoine, cet
homme ne sera puni que s'il est prouvé
qu'il soit en effet coupable; les menaces
du peuple n'intimideront pas ses juges.
Cette conversation passionnée va beaucoup trop loin, vous parlez devant celui qui doit prononcer son arrêt; il est
convenable que le seigneur don Matias
ne soit prévenu d'aucune manière à l'é-
gard de l'accusé.

Quoi! répondit le chanoine, c'est le
seigneur don Matias qui le jugera? Eh
bien! il peut vous déclarer lui-même
que cet homme ne mérite aucun intérêt.

— Je ne le connais pas; dit Matias.

— Vous l'avez vu du moins, reprit
don Frutos; c'est ce même Mariano, long-
temps caché sous le nom de Perez; celui

que vous avez contraint à se trahir devant vous à Otero, et à se dénoncer lui-
même.

Don Matias sentit ses genoux fléchir
sous lui ; il s'appuya sur le dos d'un fauteuil ; incapable de prononcer un seul
mot, il ne répondit que par un léger
mouvement de la tête ; heureusement
pour lui, l'attention générale fut détour-
née, à l'instant même, par la voix d'un
laquais annonçant le prieur des Dominicains. Le révérendissime père, suivi
d'un jeune religieux de son ordre, s'a-
vança lentement vers le président qui fit
quelques pas au-devant de lui et lui of-
frit un siége auprès du sien, tous deux
s'assirent, et le reste de la société se tint
debout devant eux.

—Mon père, dit le président, j'ap-
prends des choses horribles. Eh bien,
on a donc renouvelé cette impiété qui
nous avait déjà si douloureusement scan-
dalisés ?

—Il est trop vrai, répondit le prieur ;

6.

et l'église se repose avec confiance sur votre seigneurie illustrissime du soin de venger l'outrage abominable fait à la religion.

— Oui, sans doute, mon père, les coupables sont passibles des peines réservées aux sacriléges, et nous n'hésiterons pas à les leur appliquer.

— Je n'ai pas attendu cette déclaration de votre seigneurie illustrissime, pour me rendre garant, auprès des fidèles, du zèle des magistrats et calmer les inquiétudes. Mes religieux et moi, nous sommes parvenus à tranquilliser les esprits au sujet de l'assassin de Valdestillas; car les malveillans disaient déjà tout haut, qu'on avait dessein de le soustraire au juste châtiment que méritent ses forfaits.

— En effet, mon père, don Frutos vient de m'instruire de ce bruit, dont je ne puis deviner ni la source ni l'intention; mais je m'étonne que votre révérence et lui trouviez quelque rapport entre la cause de cet homme et la profanation de ce matin.

— Don Frutos aura cru comme moi que votre seigneurie était instruite d'un fait connu depuis quelques jours de tout Valladolid. J'ai reçu de mon confrère le père prieur des dominicains de Séville, une communication de laquelle il résulte que le célèbre sacrilége du jour de Pâques, dont frémissent encore les Sévillans, est attribué au nommé Perez, connu depuis à Ségovie sous le titre de comte de Villamayor, et vous n'ignorez pas que le digne gentilhomme est précisément ce même Mariano, l'assassin d'Isidro de Arénal; agent des jacobins en Andalousie, peut-on mettre en doute qu'il n'ait dirigé en Castille leurs complots impies? Le peuple en est convaincu, il demande que l'on venge la religion outragée; il serait dangereux de le détromper.

— Je vois là beaucoup de confusion,

dit le président; le prieur de Séville ne
vous a rapporté que des bruits au sujet
de l'évènement du jour de Pâques. Le
tribunal saura peser avec maturité toutes
les raisons sur lesquelles se fonde une
aussi grave accusation; en attendant,
notre devoir à tous est de combattre énergiquement cette prétention factieuse du
peuple, d'intervenir avec ses fureurs et
ses idées de vengeance, dans les débats
judiciaires, et d'influencer nos décisions.

— Seigneur président, interrompit
don Frutos avec véhémence, le devoir
du magistrat ne concerne que les intérêts de la terre, il est envers les hommes; celui des ministres du Seigneur se
rapporte au ciel, il est envers Dieu;
conformez-vous aux lois qui règlent vos
obligations, et souffrez que nous obéis-
sions aux volontés de Dieu, quand il
s'agit de son service. S'il vous importe
de refroidir le zèle du peuple, il nous est
prescrit au contraire de l'échauffer, de

l'animer en faveur de la religion menacée : voilà notre mission à nous, voilà notre devoir.

— Je me range à l'avis de don Frutos, dit le prieur d'un ton plein de résolution; dans cette occasion, la cause du peuple est la cause de Dieu même. Les jacobins manœuvrent pour les séparer, le but de nos efforts doit être de les unir encore plus intimement; la religion, seigneur président, la religion avant tout!

— Oui, sans doute, mon père, répondit-il, et tout bon espagnol vous répondra du fond du cœur à ce cri national, la religion avant tout! Mais la religion nous commande la justice...

— Eh bien, s'écria don Frutos, avec l'accent de la fureur, n'est-ce donc pas justice que d'immoler les ennemis de Dieu? Ah! le peuple de Valladolid si religieux, si fervent, n'était donc pas tout-à-fait trompé par son instinct naturel; il pressentait une certaine résistance dans les lois et dans les juges; une voix

secrète l'avertissait que les formalités et
les lenteurs protégeraient le sacrilége,
quand l'intérêt public exigerait qu'il fût
frappé comme d'un coup de foudre, et
que la terreur enchaînât les impies ;
quand les besoins de la société deman-
dent des exemples terribles ; pauvre religion, pauvre religion !

—Calmez-vous, respectable don Frutos,
lui dit le prieur, vos allarmes sont vaines,
et sa seigneurie illustrissime comprend
sans doute maintenant son erreur ; elle
pense comme nous, j'en suis assuré, qu'il
importe surtout d'associer le peuple à la
cause de l'autel ; et qu'en fomentant une
effervescence aussi favorable à l'action de
la justice, on prête aux juges une puis-
sante assistance.

—Non, mon père, non, interrompit le comte del Pinar avec fermeté, le
président comprend et pense tout le contraire. Jamais il ne souffrira cette irruption des passions populaires et de la politique dans le sanctuaire de la justice ;

quelque imposant, quelque vénérable
que soit le nom sous lequel se cachent
les intérêts privés, ils en seront écartés
avec le même courage, et ne prévau-
dront point contre les règles inflexibles
de l'austère équité.

— Assez, assez, mon cher comte,
laissons cela, dit le président dont la con-
tenance embarrassée, et les yeux baissés
timidement, constrastaient d'une façon
comique avec les sentimens élevés et le
courage que le gouverneur lui prêtait si
libéralement. Le président était honnête
et bon, mais il était encore plus faible.

Il y eut un moment de silence pendant
lequel les deux ecclésiastiques et le vieux
juge don Tomas échangeaient des regards où se peignaient la fureur et le ressentiment contre le gouverneur des chambres criminelles, et la pitié la plus dé-
daigneuse pour sa seigneurie illustrissime. Matias, parvenant enfin à maîtriser la terreur qui l'agitait pendant cette
effrayante discussion, conjura le prési-

dent de ne pas lui imposer la tâche de
juger le procès de *Mariano*, en déclarant cette charge trop au-dessus de ses
forces. Mais le comte insista pour que
rien ne fût changé aux dispositions arrê-
tées ; à moins que le vieux juge don Tomas, qu'il interpella, ne voulût accepter l'emploi de président de la nouvelle
chambre.

—Ignorez-vous, seigneur comte, répondit aigrement don Tomas, que je
suis parent très-proche de don Francisco
Arénal ? Par conséquent, d'après les lois
qui régissent la chancellerie, je dois
même m'abstenir de paraître au tribunal
tout le temps que cette affaire se plaidera.
Je vous déclare donc en conséquence, que
je crois mon double devoir de parent et
de catholique intéressé fortement à employer ce loisir à soulever partout des
ennemis contre le monstre que vous allez
juger. Je vais peindre, aux yeux du peuple, les nouveaux outrages auxquels mes
infortunées consines viennent encore

d'être en butte à Ségovie ; enfin , je vous le répète, toute mon influence et celle de mes nombreux amis sera employée à la perte de l'ennemi de mon sang.

—Adieu, seigneur président, dit le prieur en se levant, l'Eglise accepte le reproche qui lui a été fait ici de raffermir la foi chancelante dans le cœur du peuple ; soyez assuré qu'elle s'efforcera de le mériter de plus en plus ; et si les hommes chargés du glaive de la justice nous refusent leur coopération, les mains désarmées des lévites sauront bien sans eux faire tourner le grand événement d'aujourd'hui au profit de la religion.

—Et moi, ajouta le chanoine, je cours chez monseigneur l'évêque lui faire part de l'état des choses ; comptez, mon père, sur l'assistance du clergé séculier pour atteindre le but que se propose votre haute piété.

Ils partirent tous trois ensemble. Le président jeta un regard douloureux sur le comte del Pinar. — Hélas! lui dit-il en soupirant, que de violence, quelle confusion d'idées et de principes ! où en sommes-nous ? où tout cela nous conduira-t-il ?

— Dieu le sait, répondit le comte, ces hommes sont pourtant de bonne foi ; leurs mœurs ont toujours été pures, leur conduite irréprochable, leur dévotion sincère ; et à présent même c'est dans les meilleures intentions du monde qu'ils vont commettre un délit fécond en résultats funestes. Triste fruit d'une éducation d'où la raison et la saine philosophie sont exclues comme des ennemies ! Elle peut suffire aux besoins de la vie stationnaire et végétative dans laquelle nous languissons ; cependant les circonstances grandissent autour de nous, et nous restons petits et faibles : si l'orage nous atteint, il nous prendra au dépourvu, et nous périrons dans la tourmente.

CHAPITRE VI.

La Discorde attentive, en traversant les airs,
Entend ces cris affreux et les porte aux enfers;
Elle amène à l'instant de ces royaumes sombres,
Le plus cruel tyran de l'empire des ombres;
Il vient : le Fanatisme est son horrible nom;
Enfant dénaturé de la Religion,
Armé pour la défendre, il cherche à la détruire,
Et reçu dans son sein l'embrase et le déchire.

Henriade.

Don Matias fut long-temps à se remettre du trouble qui l'avait saisi chez le président de la chancellerie. Au moment où il redoutait le plus l'effet des intrigues de Perez à Ségovie, on lui apprenait que cet ennemi de son repos était emprisonné à Valladolid; des passions aveugles, irréfléchies, s'unissaient aux fureurs de l'esprit de parti pour demander sa tête; le peuple séduit hâtait de ses vœux le moment où l'échafaud allait se dresser pour lui; mais Matias, chargé de le juger, connaissait l'innocence de cet homme

détesté. Mariano, le véritable objet de
tant de haine, celui qu'elle poursuivait
sous les traits de Perez pour un crime
imaginaire; ce Mariano, c'était Matias
lui-même, le juge qu'on prétendait con-
traindre à prononcer la fatale sentence.
Unique possesseur, depuis la mort du duc
de Berwick, d'un secret aussi important,
devait-il le livrer à des ennemis altérés
de son sang; payer de son honneur et de
sa vie la rançon de Perez, d'un vil intrigant, si digne du mépris public? La réponse qu'il se fit ne pouvait être douteuse,
et tout homme doué d'une âme élevée
a déjà résolu comme lui la question.
Mais enfin la raison commandait d'épui-
ser d'abord tous les autres moyens pos-
sibles pour sauver l'innocent, avant de
recourir à celui d'une si dangereuse révélation. Plusieurs voies semblaient devoir
conduire infailliblement au même but.
Des témoins seraient appelés de Valdestillas, et don Matias, à son dernier passage, s'était assuré qu'il en existait un

grand nombre , amis ou compagnons de
sa jeunesse, et qui ne reconnaîtraient
certainement pas dans Perez des traits qui
leur avaient été si long-temps familiers.
D'un autre côté, l'accusé ne manquerait
pas sans doute d'avouer, même au risque
des galères, qu'il avait fait un faux insigne
en prenant le nom de Mariano dans un
but coupable, et il sauverait par-là sa tête
aux dépens de sa liberté, en subissant
une peine méritée, mais moins sévère.
Les preuves de cette déclaration ne lui
manqueraient pas ; son acte de baptême,
des certificats authentiques, des amis, des
parens convoqués, démontreraient sans
peine qu'il n'était que Perez , et cette dé-
couverte ferait tomber les armes des
mains à ceux qui poursuivaient en lui
l'assassin d'Isidro Arénal. La douleur
immodérée de don Francisco, en con-
centrant toute l'action de son intelligence
sur des idées de ressentiment et de vengeance, avait fini par altérer sa raison ;

le spectacle toujours présent de l'infirmité morale et des souffrances de ce malheureux père entretenait la pitié dans le cœur des habitans de Valladolid; mais il venait de mourir, et ses filles étaient éloignées. Probablement, après le procès de Perez, les idées du public prendaient un autre cours; et, quand l'irritation serait calmée, Matias espérait trouver les sœurs de son ancien ami accessibles à la vérité, à l'indulgence. Il pourrait alors apaiser leur ressentiment, ramener l'opinion générale en sa faveur, et reprendre enfin son nom sans danger.

Ce plan disposé, don Matias se calma tout-à-fait, et la sérénité reparut sur son front. En rentrant chez lui, on l'avertit que deux cavaliers l'attendaient au salon. C'étaient le comte de Mansilla et Fernando. L'un et l'autre paraissaient abattus. Matias courut à eux les bras ouverts, mais le comte refusa d'accepter ses caresses, et voulut auparavant lui apprendre

toute l'étendue des torts qu'il se reprochait à son égard, et dont Térésa ne pouvait encore l'avoir instruit.

Echappé aux dangers des dernières cri-
ses qui l'avaient si violemment éprouvée,
la vertu de Mansilla s'était tout à fait raf-
fermie, et il retrouvait avec consolation
dans son cœur les sentimens généreux de
sa jeunesse. Abjurant donc toute dissimu-
lation, il fit devant Matias et Fernando
le récit de sa vie entière; il confessa que,
subjugué par une fausse honte, il rougissait de sa naissance comme d'une faute,
et s'était placé volontairement dans une
fausse position, où les coups de deux intrigans pleins de ruse et d'audace devaient l'écraser facilement; mais enfin il
rendait grâce au sort de ce dernier malheur, puisqu'il avait retrempé son âme
et contribué à le désabuser des chimères
d'un vain orgueil.

Fernando mouilla de pleurs les mains
de son père, en l'assurant que la candeur
de ces aveux ajoutait encore à son tendre

respect pour lui. Il apprit alors à Matias
que le comte n'avait pas attendu la chute
de son ennemi pour briser le joug honteux qu'il s'était laissé imposer, et lui raconta les scènes du Parador. Le père rendit à son tour justice au courage du jeune
homme, et le loua d'avoir renoncé de lui-
même à l'hymen d'Eléna, en immolant
la passion la plus vive et la plus profonde
à l'honneur de sa famille. En effet, la
honte d'une alliance avec la sœur d'un
assassin flétri d'une sentence criminelle
eût rejailli sur tous ses parens. Mansilla,
touché de la vertueuse résolution de son
fils, l'avait récompensé par l'offre d'ac-
compagner avec lui dona Isabel et Eléna
jusqu'à Valladolid. Tous deux déclarèrent à Matias qu'ils étaient résolus à ne
pas les abandonner tout le temps que devait durer le procès. Le comte, ami de
plusieurs juges-auditeurs, se proposait
de servir auprès d'eux de protecteur et
d'appui à ces dames, dans cette ville où
elles ne devaient attendre qu'animadver-

sion et outrages. Il était décidé, de plus,
à les conduire ensuite dans la retraite
qu'elles choisiraient, et à leur y fonder
un établissement honorable.

Matias, vivement ému, serra dans ses
bras des amis aussi généreux, et fut un
moment tenté de répondre à leurs confi-
dences en leur faisant la sienne à son
tour. Mais, habile à se contenir, il réflé-
chit que la gravité des circonstances lui
commandait de réprimer ce mouvement
inconsidéré : la moindre imprudence
pouvait être fatale ; il craignait surtout
la joie de Fernando, qui le trahirait auprès d'Eléna et de doña Isabel ; enfin,
Matias résolut de rester jusqu'au bout
seul maître du secret d'où dépendait sa
destinée.

Il se borna donc à rendre grâces au
comte de ses procédés généreux envers
des infortunées auxquelles lui-même s'intéressait si vivement. Le comte était instruit que les règlemens de la chancellerie interdisaient à Matias, en qualité de

juge, toute communication directe avec
la mère et la sœur d'un accusé. Il fut donc
convenu que Mansilla et Fernando lui
donneraient plusieurs fois par jour des
nouvelles des dames, et leur rapporte-
raient de sa part les détails du progrès
des débats criminels.

Cependant le prieur des dominicains,
peu satisfait des dispositions du président
et des juges de la chancellerie, commu-
niqua ses inquiétudes aux autres moines,
et de ce moment la fermentation ne
cessa plus d'aller croissant parmi le menu
peuple. Dans les classes élevées de cette
ville, toute noire de prêtres, le plus
grand nombre des familles, attachées aux
intérêts temporels du clergé, était prêt à
favoriser aussi de tous ses moyens un
mouvement populaire dirigé contre l'ir-
réligion et le jacobinisme. Depuis la proclamation de la république au-delà des
Pyrénées, les esprits en Espagne s'agitaient avec violence en sens contraires,
et la nouvelle des massacres de septembre

à Paris venait de parvenir à Valladolid, et d'ajouter à la fermentation générale. Les prédicateurs tonnaient dans les églises contre ce crime de cannibales dont les principales victimes étaient des ecclésiastiques. Leur zèle était louable ; mais le fanatisme l'irritait au-delà de toute mesure, et déjà s'en forgeait une arme politique. En effet, les moines, plus particulièrement menacés, brûlaient de mesurer leurs forces actuelles contre une révolution naissante, qu'ils se flattaient d'écraser aisément pourvu qu'elle se montrât quelque part. De son côté le ministère était prêt à seconder une épreuve dont l'issue, en donnant la victoire à l'un des deux partis qui divisaient alors le conseil, déciderait la question de la paix ou de la guerre avec la France.

Dans cette situation générale des esprits, c'était une bonne fortune que le procès de *l'assassin de Valdestillas*, déjà l'objet de la haine publique, et chargé par les dominicains du crime de provocation à la vente des biens de l'église, forfait plus énorme cent fois que le parricide. Des moines montèrent en chaire, tandis que d'autres assemblaient le peuple dans les carrefours, et pénétraient dans les maisons ; partout leur langage emporté, furibond, enfiévrait les cœurs de passions âcres et virulentes ; ils dévouaient à la vengeance du ciel Mariano, l'ennemi de Dieu et des prêtres. L'impulsion fut vive et rapide. Partout la canaille déchaînée est un juste sujet d'effroi ; en Espagne elle est encore plus redoutable qu'ailleurs : son extrême ignorance favorise un fanatisme ardent, incendiaire, qui décuple sa barbarie naturelle, et dégrade l'homme au-dessous des bêtes féroces, qu'il passe en cruauté.

Pendant toute la journée, on vit incessamment circuler sous les arcades de la grande place des gens enveloppés jusqu'aux yeux de leurs manteaux bruns, avec de larges chapeaux rabattus sur la figure ; ils s'arrêtaient auprès des groupes d'oisifs sous les longues galeries de la rue *Mayor* ; là, frappant les esprits de terreur par le récit encore amplifié des massacres de Paris, ils attestaient que Mariano, émissaire des jacobins tueurs de prêtres et de rois, était le véritable antéchrist ; on l'avait vu placarder de ses mains sacrilèges les affiches de vente des domaines ecclésiastiques. Malheur à qui ne dénoncerait pas ses complices !

Déjà les avenues du palais de la Chancellerie s'encombraient d'une multitude hideuse de misère et de saleté, qui se pressait sur les pas des auditeurs, des alguasils et des moindres dépendans du tribunal. On leur demandait avec des cris confus où en était le procès de ce voleur du bien des pauvres, qu'il voulait ravir à l'Eglise. Le bruit se répandit que la mère et la sœur du *monstre* étaient venues solliciter en sa faveur à Valladolid ; aussitôt de nouvelles masses se formèrent dans les rues où demeuraient les

alcades criminels ; plusieurs femmes peu
connues furent insultées brutalement,
parce qu'elles avaient traversé ces rues
suspectes, et que l'on supposait qu'elles
étaient les parentes de *l'antechrist*.

La nouvelle de ce mouvement effrayant ne tarda pas à pénétrer dans la
prison de Perez, et le confirma dans la
résolution de déclarer au plus tôt son véritable nom. Les témoins arrivaient de
Valdestillas, village éloigné seulement de
quatre lieues, et les habitans aisés de
Valladolid se disputaient l'avantage de
les loger : on était glorieux d'obtenir la
préférence. Le lendemain, leurs hôtes les
accompagnèrent à la Chancellerie, sui-
vis d'une foule innombrable. Les témoins furent seuls introduits ; et le peuple, inondant les dehors du palais et
les rues adjacentes, hurlait avec fureur :
Vive la religion ! Meurent les ennemis
de Dieu !

Il ne s'agissait encore cette fois que des
premières dépositions, qu'un greffier re-

çoit et enregistre sans l'assistance des
juges.

Cette opération occupa une partie de
la matinée; après quoi les hommes de
Valdestillas furent reconduits à leurs lo-
gemens avec le même cortège et au milieu de semblables acclamations. Le greffier se transporta ensuite à la prison de
Perez, dans l'enceinte de la Chancellerie,
afin de lui communiquer en présence de
son avocat les charges de l'accusation et
les noms des témoins. Perez voulut prendre la parole, mais un huissier lui commanda le silence; on fut obligé de lui répéter plusieurs fois cette injonction, et le
greffier l'ayant menacé de se retirer, s'il
l'interrompait de nouveau, l'avocat pres-
crivit à son client, dans son intérêt, de
se borner à répondre, et de souffrir que
toutes les formalités requises fussent rem-
plies. A peine furent-elles terminées, que
Perez voulut encore s'adresser au greffier, qui le pria de réserver ces expli.ca-
tions pour le tribunal, attendu que son

devoir le contraignait à se retirer immédiatement, sans pouvoir rien entendre de plus.

Les gens de justice sortirent donc, et laissèrent l'accusé libre de conférer avec son avocat.

— Seigneur, lui dit Perez, je vais fournir à votre éloquence un moyen péremptoire de convaincre mes juges, de confondre mes ennemis, et de ruiner de fond en comble l'absurde accusation qui pèse sur ma tête; il suffira d'une phrase pour opérer ce prodige; vous déclarerez donc en mon nom que je ne suis pas Mariano, mais bien Pedro Vicente Moreno y Perez, natif de Puerto Santa-Maria, en Andalousie.

— Ce moyen nous réussira mal, répondit froidement l'avocat.

— Il est infaillible, seigneur avocat : je ferai venir de cette ville mille témoins, s'il est nécessaire; ils déposeront que j'y suis né chez un oncle curé de paroisse, et vivant encore; ils certifieront qu'à l'é-

poque où l'accusation place le meurtre
d'Isidro Arénal à Valdestillas; j'étais à
deux cents lieues de là, chez le négociant
don Manuel Viergol Salazar, à Cadix,
en qualité de commis.

— Seigneur, repartit l'avocat, cherchons un autre recours; Cadix est bien
loin d'ici; l'impatience des accusateurs
ne leur permettra pas d'attendre vos témoins. Ils nous opposeront votre propre
signature à Ségovie, au moment de l'arrestation, et dans le fait, c'était là le cas
de faire un usage utile de ce moyen péremptoire, dont nous nous avisons un
peu tard.

— Répondez-moi, seigneur avocat, ne
serai-je pas confronté aux témoins de
Valdestillas?

— Oui, sans doute, et c'est par là que
commenceront les débats judiciaires.

— En ce cas, tout va bien : faites seulement la réponse que je vous ai prescrite, je ne veux point d'autre défense.

La singularité de cette résolution, et la

7.

froide assurance de l'accusé frappèrent
tellement l'avocat, qu'il crut devoir en
conférer avec quelques amis; et ce ne fut
d'abord l'entretien que d'un petit nombre
de gens de loi. Mais, comme le procès
occupait l'attention publique, la chose
s'ébruita, et dès le soir la nouvelle en
était répandue dans toute la ville. L'étonnement fut général, et produisit d'abord
la stupeur; cependant dès le lendemain,
de grand matin, les moines sortirent en
bourdonnant de leurs couvens, et se ré-
pandirent par milliers dans la ville. Ils
allaient ranimant l'espérance que le peuple avait conçue de repaître ses yeux du
supplice d'un impie, et représentaient
avec une grande apparence de raison
que l'accusé recourait à un subterfuge
grossier, dans l'unique but de gagner du
temps. Les moines annonçaient en même
temps la prochaine explosion d'un com-
plot jacobin sur lequel l'antéchrist Mariano fondait l'espoir de sa délivrance.

La multitude paraissait donc plus ani-

mée que jamais, quand elle aperçut autour de la Chancellerie des mouvemens,
des allées et des venues de juges, d'auditeurs et d'employés, qui indiquaient
une audience des chambres criminelles.
Bientôt l'arrivée de don Matias en grand
costume confirma le bruit qui circulait
déjà qu'on allait s'occuper de l'affaire de
Mariano. L'inquiétude était grande au
sujet de la déclaration qu'il avait an-
noncée; les témoins de Valdestillas pas-
saient successivement avec de nombreux
cortèges. On les saluait à grands cris des
noms pompeux de sauveurs de la religion, de défenseurs de la cause de Dieu;
les femmes les embrassaient, en leur recommandant, les yeux en pleurs, les intérêts du Ciel et ceux de la Vierge de *Santa-
Maria de Nieva*, plus particulièrement
attentive à ce qui se passait, à raison du
voisinage; d'autres femmes, plus véhé-
mentes encore, s'attachaient à effrayer
leur imagination des peines de l'enfer,
s'ils trahissaient leur conscience et la vé-

rité, c'est-à-dire en d'autres termes, s'ils hésitaient à reconnaître *le monstre.*

Grâce à l'activité de don Matias, tout était en effet disposé pour commencer la procédure; le matin même de ce jour, et dès sept heures du matin, conformément au règlement d'été, l'audience était ouverte pour durer jusqu'à dix, terme au-delà duquel tout travail est ordinairement suspendu jusqu'au lendemain; à moins qu'une ou plusieurs fêtes consécutives ne rejettent à une autre semaine la suite de l'affaire entamée.

La chambre se composait de trois alcades criminels présidés par don Matias, du fiscal chargé du rapport de l'affaire, dont tous les élémens étaient réunis depuis dix-sept ans aux archives de la Chancellerie; enfin, quatre greffiers et autant d'huissiers complétaient le tribunal. Don Tomas n'avait pas pu représenter ses cousines, et se porter personnellement accusateur, mais un de ses parens, non moins emporté et aussi vindicatif que lui,

se présenta pour jouer ce rôle, assisté
du plus fougueux des avocats, vieillard
hébété de superstition, et d'un naturel
féroce. De l'autre côté paraissait Perez
avec son conseil, et au milieu, des bancs
étaient préparés à la place ou devaient
figurer les témoins. Une foule de spectateurs se pressaient depuis long-temps
dans l'étroit espace réservé au public, et
le peuple continuait au-dehors à faire retentir les airs de ses horribles cris de fureur et de vengeance.

Perez montra beaucoup de calme pendant les dispositions préparatoires, et
quand il fut interrogé sur ses noms et qualités, son avocat fit à haute voix la réponse
qu'il lui avait dictée. La partie adverse et
son conseil accueillirent ce moyen avec
des ris moqueurs, en priant le président
d'ordonner que l'on ne tînt aucun compte
d'un mensonge inutile, et que l'on s'en
rapportât sur ce point aux signatures librement données par l'accusé, et qui fi-
guraient au procès. Don Matias, sans faire

droit à cette requête, interrogea de nouveau Pérez en lui demandant quelles preuves il pouvait fournir à l'appui de son éton-
nante déclaration. Mais le vieil avocat des
Arénal, s'adressant alors à tout le tribunal, supplia les juges de délibérer sur sa
réclamation. Il ajouta que leur sagesse
était trop connue pour laisser craindre à
ses clients que, par une transgression
manifeste des formes ordinaires du tribunal, les alcades criminels autorisas-
sent la malveillance à répéter le bruit
répandu dans la ville. On y disait, ajouta-t-il, que le président serait sans doute
disposé à favoriser l'accusé, puisqu'il
avait communiqué avec la mère et la
sœur de cet homme par l'intermédiaire
de deux étrangers venus avec elles de Ségovie.

Don Matias rougit visiblement; mais
commandant à son trouble, il prit froidement l'avis des alcades, et ordonna
que tout le monde sortît. Resté seul avec
eux, il requit la punition de l'insulte

qu'il venait d'essuyer ; mais les juges, ef-
frayés des hurlemens de la populace qui
pénétraient jusque dans la salle et couvraient la voix de Matias ; demandèrent
à opiner sans délai sur la prétention du
vieil avocat, et se prononcèrent tous en sa
faveur. Le président, forcé de proclamer
leur vote unanime, fit rouvrir les portes,
et déclara qu'on allait procéder immédiatement à la confrontation des témoins.

Don Matias mettait toute sa confiance
dans le résultat de cette épreuve décisive,
et de son côté Perez fondait sur le même
moyen son espoir le plus solide. Aussi re-
garda-t-il avec la plus grande tranquillité
le premier témoin qui fut appelé. Il se
plaça de manière à être vu de lui le mieux
possible, quand le président, après les
formalités d'usage, adressa cette question à l'homme : Reconnaissez-vous dans
la personne de l'accusé le nommé Mariano, fils de dona Isabel, connue à
Valdestillas sous la dénomination de la
grande Biscayenne ?

— Regardez-moi bien, l'ami, dit Perez d'une voix assurée.

On eût entendu le vol d'une mouche
dans cette vaste salle, et chacun retenait
son haleine, les yeux fixés sur le témoin,
qui, après un moment d'examen, répondit à cette provocation : Il ne faut
pas tant te regarder, Mariano ; je te reconnais bien...

— Imposteur ! s'écria Perez en pâlissant, tu oses...?

— Silence, interrompit le président
d'un ton ferme, n'intimidez pas le témoin, et gardez-vous de parler sans être
interrogé. Continuez, dit-il à cet homme.

— Je l'ai reconnu tout d'un coup, reprit celui-ci ; il n'avait point de barbe,
il en a aujourd'hui, voilà toute la diffé-
rence. Vos seigneuries ont vu qu'il me
reconnaît bien aussi, et il m'a nommé
d'abord de mon sobriquet. Je viens de
déclarer à la justice que je m'appelle ju-
lian Canelas ; mais Mariano sait bien
qu'on ne me connaît à Valdestillas que

sous le nom de Amigo (l'ami), et certes
je n'ai jamais démenti à son égard cette
dénomination, je suis toujours resté son
ami quand tout le monde le fuyait et le
méprisait à cause de sa naissance. J'étais
sur la place, quand il y rencontra les
deux fils de don Francisco, j'ai vu la
dispute excitée par le mot de *bâtard* qui
lui fut dit en passant. Quelques jours
après, comme le bruit se répandit qu'il
avait menacé de tuer don Lorenzo Arénal,
j'allai en faire reproche à Mariano que
voilà, et lui redemander une épée de
mon père, sergent d'artillerie, retiré du
service ; je lui avais prêté cette arme
pour des leçons d'escrime qu'il prenait
alors ; il refusa de me la rendre et me re-
garda d'un air..... Tenez, comme il me
regarde encore dans cet instant. C'est la
même épée que l'on a retrouvée sur la
place où s'est commis le crime ; elle s'a-
justait dans la blessure d'Isidro, tué en
défendant son frère, comme il a été dit
dans le temps.

— Inexplicable! murmura le président consterné. Tout le monde porta les yeux de son côté; le silence général le rappela à lui-même ; il se composa, et s'adressant à Perez, lui demanda ce qu'il avait à dire au sujet de ce témoignage.

— Tout cela peut être vrai, répondit l'accusé, mais la déposition ne me concerne en rien, puisque je ne suis pas Mariano; le témoin qui prétend me reconnaître est fou, s'il n'est pas vendu.

Le président l'interrompit et fit entrer le second témoin. C'était le garde du bois sur la lisière duquel le combat avait eu lieu. Ce vieillard encore verd n'eut pas plus tôt envisagé l'accusé que, sans attendre la fin de la question du président, il s'avança vers Perez en lui tendant les bras : Si je le reconnais! dit-il les larmes aux yeux, puis-je méconnaître celui que je nommais mon fils, et que je chérissais en père!

— Moi! moi! s'écria Perez en se reculant, tu me reconnais, tu oses déshonorer tes cheveux blancs par un vil mensonge?

— Voilà bien tes vivacités, répondit le vieillard, et tu n'es changé d'aucune manière.

— Regarde-moi donc, reprit Perez indigné, regarde-moi, répéta-t-il en écartant ses cheveux sur son front.

— Et bien oui, c'est bien toi, c'est bien mon pauvre Mariano, repliqua le garde; va c'est bien mal à toi de me parler ainsi, et de repousser si durement ton vieil ami, qui t'a si souvent porté dans ses bras. Seigneurs juges, je l'ai vu pas plus haut que cela, et j'ai toujours dit qu'il serait comme nous le voyons maintenant, beau, grand et bien fait, le teint brun, l'air d'un homme enfin.

— Je tombe de mon haut, dit Perez accablé. Sur l'invitation du fiscal, le garde raconta que le jour de l'événement s'étant absenté de sa cabane, construite au bord du bois, au moment où il y retournait à travers le taillis, il entendit crier à l'assassin à plusieurs reprises, et que presqu'au même instant Mariano courut à lui, pâle et couvert de sang, et lui dit qu'il venait d'arriver un grand malheur, dont les suites le contraignaient à quitter le pays. Le garde ajouta que, sur la demande de Mariano, il lui avait enseigné les chemins les plus courts pour sortir du bois en se dirigeant du côté de la route de Salamanque; et qu'après ces explications, il était revenu près de sa cabane, où il trouva Isidro mourant, et Lorenzo qui disait en se désespérant, que Mariano était l'auteur du meurtre; et, en effet, l'arme ensanglantée était celle d'Amigo qu'on avait toujours vue entre les mains de Mariano.

Le garde, après cette déposition, exhorta de nouveau celui qu'il nommait son ancien ami, son fils d'adoption, à ne plus le méconnaître, et lui raconta, en pleurant sur son ingratitude, une foule de particularités, dont le souvenir lui semblait devoir amollir son

cœur, et le rappeler à l'amitié qu'il lui
devait. Perez le traita durement d'extra-
vagant et de radoteur ; on lui imposa
silence. Plus de vingt témoins entendus
après le garde déclarèrent successivement, et avec des expressions diverses,
que l'accusé leur paraissait être l'homme
que promettait l'adolescence de Mariano ;
tous paraissaient convaincus et sincères.
Vers dix heures, les dépositions étant
épuisées, don Matias eut à peine la force
de commander que l'on reconduisît dans
sa prison Perez, dont la fureur, exaltée
jusqu'à la frénésie, s'exhalait contre les
témoins en juremens affreux et en ma-
lédictions.

<hr />

CHAPITRE VII.

> . . . . . . Si forte virum quem
> Conspexere silent. . . . . .
> > VIRGILE. Énéide.

> Mais d'un sage vieillard si la vue imposante
> Dans l'ardeur du tumulte à leurs yeux se présente,
> On se tait, on écoute, et ses discours vainqueurs
> Gouvernent les esprits et subjuguent les cœurs.
> Ainsi la vague tombe, ainsi des mers profondes
> Neptune d'un coup d'œil tranquillise les ondes.
> > DELILLE.

Au moment où le bruit s'était répandu
dans la ville que l'accusé se proposait
d'abjurer le nom de Mariano, et d'échapper ainsi au danger qui le menaçait, les témoins de Valdestillas avaient été circon-
venus de toutes parts. Chacun leur demandait avec inquiétude s'ils conservaient un souvenir assez fidèle de Mariano pour qu'il fût impossible de les
tromper à cet égard. Tous répondaient
avec assurance qu'ils se rappelaient sa
personne, comme s'ils venaient de le

quitter la veille; et pour preuve, ils faisaient le portrait d'un adolescent, mais
grossièrement indiqué, et dont les traits
généraux pouvaient se rapporter à la jeunesse de Perez comme à celle de tout
autre, en tenant compte des altérations
que dix-sept ans avaient dû faire à sa
taille et à sa figure. Beaucoup de gens
s'étaient attachés à l'examiner avec attention au moment de son entrée dans Valladolid; ils disaient aux témoins : Mariano
est grand et bien fait.

— Il promettait de l'être, observaient
les gens de Valdestillas.

— Les yeux fort noirs, ajoutait-on.

— Oui, très-noirs, c'est cela même.

— La barbe fort épaisse?

— Oh! pour la barbe, il n'en avait
pas encore, mais il est possible que depuis dix-sept ans.....

— N'en doutez pas, repliquait-on;
mais il est à remarquer que la moustache
seule est très-fournie, et qu'il n'a presque
pas de barbe sur les joues, dont les cou-

leurs sont très-vives : voilà des indices
auxquels vous ne pouvez pas vous mé-
prendre; enfin, il a le front très-élevé et
un peu dégarni de cheveux sur les tem-
pes; cette particularité vous frappera au
premier coup d'œil.

— C'est singulier! disaient les bons
paysans, il a donc bien changé? Car son
front était bas, ses cheveux le couvraient
en abondance. Quant à son teint, il était
en effet assez rouge.....

— L'âge a fait des changemens dans le
reste, leur répondait-on d'un ton délibéré.
Au surplus, n'allez pas donner lieu de
croire que vous soyez payés par les Jacobins, pour mentir et sauver l'antéchrist; nous avons ici des hommes vio-
lens et déterminés; redoutez-les, si vous
avez le malheur d'exciter leurs soup-
çons; une imprudence exposerait votre
vie.

A ces discours, la terreur pénétrait
dans l'âme des pauvres et simples paysans,
et tenait leur attention si bien éveillée,

que la peinture qu'on leur faisait du prétendu Mariano se présentait vivante à leur
imagination ; l'esquisse informe qu'ils en
avaient d'abord tracée, disparaissait alors
sous les traits nouveaux qu'on ajoutait à
son portrait. Aussi, à la confrontation,
en voyant cette barbe épaisse sur les lèvres, et rare sur des joues colorées; à
l'aspect de ce front élevé, de ce regard
fier et de cette haute stature, tous retrou-
vèrent l'idée récente qu'ils s'étaient for-
mée d'un homme dont l'ancienne image
ne se présentait plus que confusément à
leur souvenir. La nouvelle de l'unani-
mité de leurs témoignages excita le plus
vif enthousiasme parmi le peuple. Il les
accueillit au sortir de la Chancellerie avec
des cris de joie, et les conduisit en triomphe jusqu'au grand couvent de Saint-
Paul des Dominicains, où l'on célébrait
les prières de quarante heures, avec ex-
position du Saint-Sacrement, pour obtenir la victoire de la religion sur l'impiété.

Cependant on commençait à murmurer contre Matias; les plaintes du petit avocat trouvaient partout des échos. On les répétait chargées de grossiers mensonges et infectées de tout le venin du fanatisme. Les mutins portèrent alors sur Matias une partie de la haine dont ils continuaient à charger Perez, leur ennemi principal, et le scandale du clergé fut extrême à la nouvelle d'une tentative d'opposition de la part du nouveau président. Le peuple se portait alors en foule aux couvens des pères de la Merci, pour gagner les indulgences plénières, accordées ce jour-là, par un bref du Saint-Siége, aux fidèles qui assistaient aux offices de leurs églises; les moines, dans le dessein de ne pas laisser refroidir les esprits, y vinrent prêcher en grand nombre, et s'animaient à l'envi d'une funeste émulation. Leurs sermons si véhémens depuis quelque temps, acquirent en cette occasion un degré de violence pénétrante à tel point, que les femmes

agitées jusqu'à la convulsion, couvraient
de leurs sanglots la voix des religieux :
la plupart même s'évanouissaient, tandis que les hommes témoignaient leur
adhésion pour une sorte de rugissement
sympathique, qui mettait le comble à
l'effroi. Le peuple exalté ne respirait que
sang et que carnage, en sortant du sanctuaire de la paix ; il s'assembla tumul-
tueusement sur la grande place, et son
agitation faisait craindre un mouvement
séditieux. On parlait d'aller à la prison,
d'en arracher l'antéchrist et de le traîner
vivant dans les rues : épouvantable excès où se porte trop souvent la lie de la
populace espagnole, et qui seul lui mérite le reproche d'être la plus barbare de
l'Europe.

Ce fut alors seulement que l'autorité
comprit enfin qu'on avait déjà beaucoup
trop dépassé la mesure, et qu'il était temps
de modérer l'effet d'une impulsion, dont
la force exagérée menaçait de tout rompre. Il fallait renoncer à l'emploi de la

troupe pour le maintien de l'ordre : l'action du ressort militaire eût été nulle sur ces masses où se mêlaient tant d'ecclésiastiques; elle pouvait même être fatale; dans les soulèvemens dont le mobile est le fanatisme religieux , les soldats espagnols redeviennent peuple , et ajoutent au désordre. Le capitaine général se hâta donc de les consiguer dans leurs quartiers, et l'évêque fit rentrer tous les moines dans leurs couvens. Puis de concert avec les prêtres des paroisses toujours sages et paternels, le clergé séculier pénétra dans les groupes; tous animés d'un véritable esprit évangélique rendirent à la religion son langage affectueux d'amour fraternel et de douce résignation; ils parlaient du pardon des offenses ; ils bénissaient autour d'eux et répandaient des aumônes. De ce moment, l'accès de folie furieuse qui transportait la multitude prit un caractère moins effrayant; l'exemple et les paroles pieuses de tant d'hommes justement respectés, parvin-

rent peu à peu à calmer les têtes ; et
après quelques heures, il ne restait plus
aucune trace apparente de la sédition
qu'on redoutait.

Mais les imaginations avaient été trop
vivement ébranlées, et le levain venimeux
fermentait encore dans les cœurs ; aussi
le lendemain vit-il renaître tout le danger. Le peuple s'amassa dès la pointe du
jour autour de la chancellerie, et accueillit avec des *viva* réitérés les alcades criminels qu'il croyait disposés à condam-
ner le sacrilége, tandis que don Matias
fut poursuivi de huées et d'outrages, jusqu'à la porte du tribunal. Les moines,
retenus dans leurs cloîtres, n'enflam-
maient plus les passions de la populace ;
mais, à leur défaut, une foule d'énergu-
mènes lui répétait les prédications de la
veille, et n'entretenait que trop sa bouil-
lante fureur. On distinguait surtout
parmi les agitateurs, le vieux juge don
Tomas, et le chanoine don Frutos, il
semblait à les voir qu'ils s'efforçaient de

ramener le calme; mais en réalité, leur
langage excitait l'effervescence. Don Tomas adressait aux plus exaspérés l'exhor-
tation de se retirer, en les assurant que
cette séance et dix autres semblables ne
seraient employés qu'en dispositions vaines, dont, en sa qualité de juge, les in-
terminables lenteurs ne lui étaient que
trop connues. Il ajoutait que, si justice
était faite, on commencerait par appliquer le criminel à la question pour obtenir de lui le désaveu de sa déclaration;
que le peuple n'aurait pas lieu de se plain-
dre, si cette formalité n'était point omise;
mais qu'à la vérité la partialité du président faisait craindre aux amis de la justice qu'on négligeât de la remplir.—Il faut
attendre, s'écriait don Frutos, que nous
soyons assurés d'une aussi énorme iniquité, c'est dans ce cas qu'il serait temps
d'agir, et de demander la punition de
ceux qui trahissent la cause de l'église et
de Dieu lui-même. Jusque-là, mes enfans,
la paix, la paix du ciel.

Loin que la paix en descendît à cette invocation hypocrite, la discorde et sa rage embrasaient tous les cœurs, et la masse augmentait de moment en moment. Pour détourner de ce point une portion de ce peuple, on imagina de hâter l'heure de l'exécution de deux contrebandiers qui devaient être conduits ce jour-là même au gibet vers midi. C'étaient précisément ceux de la troupe de Pépillo, convaincus d'avoir massacré le curé de Ventosa et pillé son église. On pensait que cet aliment offert si à propos à l'avide curiosité de la canaille suffirait, sinon pour rassasier, du moins pour calmer un instant son appétit sanguinaire. Vain calcul! la populace espagnole, stupidement superstitieuse et si ardente dans ses longs ressentimens, est pourtant animée d'un certain esprit de justice. Le coupable que frappe le glaive de la loi obtient de la pitié, des prières, et parfois même aussi des larmes de ces hommes qui, peu de jours auparavant, appe-

laient avec tant de cris la vengeance sur
sa tête.

L'appareil imposant que déploie la religion en Espagne dans ces tristes solen-
nités ajoute encore au respect qu'inspire le malheur. Le funeste cortége passa
au milieu de l'attroupement sans l'entraîner. Seulement la foule s'écarta, et chacun se découvrit à la vue de la croix pa-
roissiale voilée d'un crêpe funéraire, et
portée par un diacre en surplis, que suivait un clergé nombreux de prêtres et
de chantres revêtus de chapes noires, et
chantant l'office des morts. Un détache-
ment de soldats séparait les ecclésiastiques des deux criminels, qui s'avançaient
montés sur des ânes. Ils étaient assistés
chacun de deux franciscains qui mar-
chaient à leurs côtés, récitant, ou plutôt
criant avec force les prières des agoni-
sans, en agitant devant leurs yeux éteints
et baissés des crucifix de grande dimen-
sion. Ce bruit sinistre était d'autant plus
frappant que, pendant les intervalles où

la psalmodie du clergé se taisait, le silence le plus profond régnait au loin dans
les rues et aux balcons des maisons chargés d'une multitude de femmes et d'enfans. De distance en distance, on voyait
sur le chemin que suivaient ces malheureux de petits autels couverts d'un drap
noir, et sur lesquels était placé un grand
plat d'étain que gardait un bedeau en
deuil. Les fidèles y déposaient de nom-
breuses aumônes, dont la valeur devait
payer des messes pour le salut de l'âme
des criminels. Plusieurs hommes attachés
aux fabriques des diverses paroisses de
Valladolid recueillaient de tous côtés de
semblables tributs dans la même intention; ils provoquaient la charité des pas-
sans, et présentaient leurs plats sous les
balcons, d'où les pièces de cuivre tom-
baient comme une pluie; et à mesure
que la lugubre procession disparaissait
aux yeux, les fenêtres se refermaient, et
les femmes rentraient dans leurs maisons
en disant avec un soupir d'attendrisse-

8.

ment : pauvres voleurs, pauvres contrebandiers ! et puis avec un cri de rage, en
pensant au faux Mariano : meure l'impie
sacrilége qui veut dépouiller l'église de
ses biens et dévorer le pain des pauvres!

Au moment fatal, et d'après l'invitation de leurs confesseurs, les deux criminels élevèrent la voix pour demander au
peuple pardon du scandale de leur vie ;
la foule répondit par une seule acclamation, et un morne silence se rétablit tout
à coup. Les moines recommencèrent
alors à prier très-haut en agitant leurs
crucifix ; puis mouvemens et cris, tout
cessa brusquement. Au même instant, on
entendit le tintement de la cloche du couvent de la Merci, signal de mort. Le peuple alors s'écoula de tous côtés en murmurant le *miserere*, et tandis que l'un des
religieux, monté sur les degrés de la fatale
échelle, préchait un petit nombre de spectateurs groupés au pied du gibet, le reste
alla grossir le rassemblement formé autour de la Chancellerie.

Les hurlemens de cette masse énorme
pénétraient jusqu'au fond du vaste bâti-
ment, et faisaient frissonner les juges sur
leurs siéges. Ils commencèrent par entendre le rapport du fiscal, qui conclut
à l'application de l'accusé à la torture,
afin d'obtenir la confirmation de l'aveu
signé à Ségovie, de ses noms et qualités;
puisqu'il osait le rétracter encore contre
toute espèce de probabilités. Le président
fit ensuite sortir cet officier, les témoins et
les greffiers, ainsi que les parties et le public, afin que, suivant les réglemens, les
juges pussent délibérer seuls en toute liberté. Don Matias leur représenta que les
fastes des tribunaux n'offraient que trop
d'exemples d'arrêts sanglans, dont l'iniquité pesait à jamais sur la mémoire des
juges, faute par eux d'avoir usé dans le
principe d'une sage lenteur, et d'avoir
mûrement examiné la nécessité d'employer le moyen extrême et violent que
proposait le fiscal. Il engagea les alcades
criminels à déclarer au contraire que le

délai nécessaire et toutes facilités seraient accordés à l'accusé, pour prouver qu'il avait pris faussement le nom et le titre de Mariano, comte de Villamayor, et qu'il était Perez.

Les trois alcades écoutèrent en silence le discours très-étendu de Matias. Leurs figures austères ne témoignaient pas qu'ils eussent été touchés de son éloquence vive et pressante. Mais on ne pouvait tirer aucun indice de ce calme officiel. Les juges de la chancellerie doivent garder avec scrupule le secret de leurs votes. La loi leur commande d'inscrire sur un registre les avis qu'ils ont mûris pendant la délibération et dont la connaissance est réservée au seul président. Quand ils sont unanimes, il ne reste plus à ce magistrat qu'à proclamer la décision ou la sentence qui en résulte : le but de cette institution est de garantir le juge autant du ressentiment que de la reconnaissance individuelle des intéressés, et les membres du tribunal s'attachent même à se cacher ré-

ciproquement leurs opinions. Cette fois,
ils s'appliquaient à en épaissir le mystère
avec plus de soins encore qu'à l'ordinaire,
à cause de la violence des passions soule-
vées autour d'eux. Le registre apporté,
chacun alla y consigner son avis sur une
feuille différente, et Matias frémit en les
trouvant tous les trois parfaitement con-
formes. Ils portaient en substance que
le supplice de la question était inutile,
attendu que l'accusé ne pouvait être admis au désaveu de sa signature donnée
librement à Ségovie. Ils opinaient donc
pour la continuation immédiate des débats. Quant à la précipitation du jugement, les alcades criminels objectaient
que l'effet n'en était pas à redouter, puisque, selon la loi, l'accusé avait vingt jours
pour appeler de la sentence au même tribunal, mais composé d'autres juges; et
moyennant le dépôt de quinze cents pis-
toles; savoir : cinq cents pour le Roi;
autant pour les juges, et une somme sem-

blable pour la partie adverse, si l'arrêt
était maintenu.

La crainte seule, et non la conviction
avait dicté cette sentence, dont l'effet dégageait les juges actuels de la responsa-
bilité de l'évènement, et leur permettait
de fuir un théâtre que la fureur populaire
menaçait d'ensanglanter. Quant à don Matias, sa situation devenait à chaque instant
plus critique : il avait espéré gagner beaucoup de temps par le moyen qu'il venait
de proposer sans succès ; mais les circonstances qu'il s'était flatté de maîtriser
commençaient à l'entraîner à son tour.
Satisfait du moins de n'avoir pas à livrer
injustement Perez à la torture, il se résolut à faire encore un pas dans la funeste carrière où la fatalité l'engageait
davantage à mesure qu'il tentait plus
d'efforts pour en sortir.

Le fiscal fut donc rappelé ; l'accusé,
l'accusateur, les avocats, les témoins, les
huissiers, la foule, chacun reprit sa place,
et le président, après avoir prononcé la

décision du tribunal, ordonna la continuation des débats. Le plaidoyer du petit
avocat de la famille Arénal fut très-
étendu; le furieux, s'abandonnant sans
frein à sa fougue verbeuse, pendant une
heure, fit retentir les voutes de mots qui
ne précisaient rien et qui outrageaient
également la justice et la raison : ce ne fut
qu'un long cri de rage. L'avocat de Perez borna sa défense à la déclaration réi-
térée du véritable nom de son client. Le
fiscal entendu de nouveau, tout le monde
sortit encore, et les juges, restés seuls,
procédèrent pour l'arrêt définitif comme
ils avaient déjà fait pour la première
décision. Tous trois conclurent unani-
mement à la mort de Mariano, fils du
comte de Villamayor et d'Isabel de Agui-
lar. Matias, les yeux fixés sur le registre,
resta quelques momens absorbé dans les
plus profondes réflexions. Puis il reprit
avec calme la plume échappée de ses
mains, il rédigea d'une main ferme la
sentence résultante des votes partiels des

juges, qui vinrent la souscrire tour à
tour. Alors le président commanda que
l'on rouvrît les portes : tout le monde
rentra. L'anxiété qui se peignait sur la figure des intéressés contrastait avec l'im-
passible immobilité de celle des juges,
le silence profond qui régnait dans
la salle permettait d'entendre plus distinctement les cris de la foule rassem-
blée autour des murs de la Chancellerie.
Le bruit venait de se répandre au dehors
que le jugement allait être rendu, et un
greffier sorti du tribunal avait confirmé
cette nouvelle ; aussitôt les *viva* s'élevèrent jusqu'au ciel dans la place et au
loin dans toutes les rues qui viennent y
aboutir.

Matias se leva, et s'adressant au fiscal :
Ordonnez, lui dit-il, que l'on recon-
duise en prison l'accusé Pedro Vicente
Moreno y Perez.

L'étonnement enchaîna pendant quelques instans toutes les facultés des témoins de cette scène inattendue. Le vieil

avocat retrouva le premier la parole, et criant au déni de justice : On n'a point plaidé cette question, répétait-il avec fureur; le tribunal n'avait point à prononcer sur ce point : il y a forfaiture.—Emmenez l'accusé, dit Matias du ton le plus imposant, et faites sortir tout le monde.

L'ordre s'exécuta, et tandis que les spectateurs s'écoulaient en murmurant par une étroite issue qui débouchait dans une rue peu fréquentée, l'avocat, toujours furieux, toujours criant, gagna rapidement la porte principale, devant laquelle grondait la foule menaçante. Le gardien le fit sortir par un petit guichet fort bas, qu'il s'empressa de refermer derrière lui.

Cependant les alcades criminels entouraient le président et lui remontraient avec effroi que son action était sans exemple dans les fastes de la justice. — Il suffit qu'elle soit équitable, leur répondit Matias avec calme; suivez-moi chez notre vénérable président don Jo .

seph ; là vous aurez l'explication de ma
conduite.

En achevant ces mots, il sortit avec
eux de la salle, et ils descendirent tous
quatre le grand escalier dans le dessein
de traverser la cour pour gagner l'appartement de don Joseph Grégenzan. A
peine étaient-ils arrivés aux derniers degrés, que des cris perçans éclatèrent au-
delà de l'enceinte, et en même temps la
grande porte retentit de coups redou-
blés qu'on lui portait en dehors ; bientôt
cédant à de nouveaux efforts, on l'entendit se briser avec un craquement horrible
et voler en éclats. Cette brèche vomit
en un moment des flots d'hommes ru-
gissans, armés de bâtons, de fourches et
de pistolets ; d'autres brandissaient des
épées, ou agitaient en l'air des stylets et
des poignards. Matias et les juges venaient de parvenir au milieu de la cour.
Entourés, pressés, menacés avec violence, les trois alcades, pâles et tremblans,
faisaient signe de la main qu'ils deman-

daient à s'expliquer, mais la fureur et le
bruit confus croissaient autour d'eux avec
la foule qui grossissait incessamment....
Matias conservait un maintien calme, et
semblait ne rien voir et ne rien entendre
de ce qui se passait; seulement il s'efforçait de frayer à ses collègues un passage
à travers la multitude. Plusieurs centai-
nes de ces forcenés s'étaient dirigés vers
la porte de la prison, avec le projet de la
briser; mais elle était petite, forte, bar-
dée de fer, et comme enchâssée dans le
mur épais d'une voûte surbaissée, elle
résistait à tous leurs efforts. D'autres,
plus familiers avec les localités de la
Chancellerie, coururent à l'issue intérieure du préau qui communiquait avec
les salles d'audience, tandis que les premiers, rebutés par la difficulté de leur
entreprise, retournèrent se joindre à la
foule qui pressait don Matias en criant
qu'on devait leur livrer le coupable. Ce
fut bientôt la clameur générale, et l'insolence des mutins ne connaissant plus de

bornes, ils portèrent la main sur les alcades criminels, et les saisirent au collet;
leurs yeux étincelans respiraient la fureur; leur bouches écumaient; cannibales affamés de carnage, ils demandaient du sang..... Tout-à-coup un vieillard en cheveux blancs se présente sur le
grand balcon; c'est le président de la
Chancellerie, le vénérable don Joseph;
il étend la main, les cris cessent, les
masses onduleuses s'arrêtent partout à la
fois; mais leurs flots bruissent encore en
s'apaisant; des moines se font jour au
travers, le crucifix en main; ils se diri-
gent vers les quatre juges, et s'interpo-
sant entre eux et le peuple, ils forment
autour de ce petit groupe un rempart
sacré de leurs frocs, si respectés de la
multitude.

L'évêque était allé lui-même de couvent en couvent, prêchant partout la
paix au nom de la Vierge, et dirigeant
tous les religieux vers le foyer de la sédition, avec ordre de prévenir l'effusion

du sang. Fondant en larmes, et les suppliant de réparer le mal dont eux-mêmes
s'effrayaient déjà, le prélat avait touché
leurs cœurs ; les moines n'étaient qu'éga-
rés ; leurs âmes n'étaient point cruelles ;
ils acceptèrent avec ardeur la mission du
saint évêque, et se mêlant au peuple,
ils étaient entrés avec lui dans les cours
de la chancellerie, au moment de l'irruption. Ils secondaient alors le mouvement
produit par l'apparition inattendue de
don Joseph, et imposaient partout le
silence, de ce ton d'autorité que donne
l'habitude de commander.

— Mes enfans, dit le président en élevant la voix, que deux de ces bons pères
viennent m'expliquer l'objet de vos vœux.
Si vous ne voulez rien que de juste et
de raisonnable, vous l'obtiendrez sans
peine ; vous ne me demanderez certainement pas de souiller les derniers jours de
ma vie par une iniquité.

Tous n'avaient pas entendu les accens
du faible vieillard, mais les hommes les

plus près du balcon les répétèrent aux
plus éloignés; et ses paroles, volant
de bouche en bouche, atteignirent ainsi
toutes les extrémités de la vaste cour.
Ce ne fut pendant quelques instans qu'un
bourdonnement inarticulé; mais bientôt
les vociférations recommencèrent avec
plus de violence; on n'entendait de tous
côtés que les mots de jacobin, d'antéchrist
et de sacrilége. Beaucoup de femmes s'é-
taient glissées dans la foule, et leurs accens n'étaient pas les moins emportés ni
les moins déchirans; deux d'entre-elles,
le visage tout-à-fait couvert de leurs man-
tilles, s'approchèrent en tremblant des
religieux, et les supplièrent de permettre
qu'elles se missent à l'abri derrière la petite enceinte qu'ils formaient autour des
quatre juges. Les moines ouvrirent leurs
rangs pour leur livrer passage. Cependant on parlementait à grands cris auprès
du bataillon sacré; les furieux qui s'en
trouvaient le plus rapprochés priaient
les moines d'envoyer deux pères déclarer

que le peuple demandait qu'on fît justice
de l'ennemi de Dieu pour le bien de la
religion. Ceux-ci leur répondaient qu'ils
voulaient aller tous porter au président ce
vœu de la multitude ; tout en parlant, ils
s'acheminaient, toujours serrés l'un contre l'autre, vers le perron, et parvinrent
ainsi au pied de l'escalier de don Joseph.
Les séditieux continuaient à les presser,
et montèrent avec eux. Plus de deux cents
des plus exaspérés pénétrèrent ainsi dans
les salles sur leurs pas, avant que les religieux eussent pu contenir l'invasion ;
mais enfin les plus robustes s'emparèrent
de la porte du vestibule, et présentant
leurs crucifix en avant, ils opposèrent
une digue suffisante au torrent.

Le président don Joseph Crégenzau
s'avança vers les mutins entouré des
hommes qu'ils révéraient le plus ; l'évêque et le prieur des Dominicains mar-
chaient à sa droite ; le capitaine général
de la Vieille Castille, l'intendant de Valladolid et le comte del Pinar, étaient à

sa gauche; tous les alcades de la Chancellerie le suivaient; le chanoine don Frutos et le petit avocat se montraient plus
loin derrière eux. Les clameurs continuaient dans les cours intérieures du
palais, et y pénétraient du dehors. L'effroi se peignait sur tous les traits du président, de l'évêque et des juges; les
militaires eux-mêmes paraissaient troublés; les moines conservaient beaucoup
de calme, et une sainte consolation bril-
lait sur la figure rebondie du prieur des
dominicains. La petite phalange de religieux s'ouvrit à l'approche du président,
et découvrit à ses yeux don Matias, les
trois alcades et les deux femmes qu'elle
recelait dans son sein. Les séditieux, con-
tenus par les moines, restaient à quelque
distance, et formaient le fond de ce ta-
bleau.

— Qu'est-ce, dit don Joseph, à don
Matias, dois-je croire au rapport que
l'avocat de la famille Arénal vient de me
faire devant cette illustre assemblée? est-

il vrai que vous ayez refusé de prononcer
la sentence écrite par les juges, pour y
substituer votre propre opinion sur une
question étrangère au procès ?

— J'ai fait justice, seigneur, répondit
froidement Matias ; l'accusé est innocent.

— Il n'avait pas fini ces mots, que les deux
femmes se jetèrent ensemble à ses pieds
en s'écriant : — Oui, seigneur, innocent;
vous avez dit la vérité, et Dieu vous bé-
nira.

— Qui êtes-vous, segnora ? demanda
le président à la plus âgée.

— Je suis la mère de l'accusé, répondit Isabel en se relevant.

— Je suis sa sœur, dit Eléna toute trem-
blante.

Un murmure d'horreur s'éleva parmi
la populace ; les moines comprimèrent ce
mouvement.

— Don Matias, reprit le président d'un
ton sévère, répondez : avez-vous proclamé la sentence unanime des juges ?
Dans ce cas, ajouta-t-il en élevant la voix,

Dieu seul peut vous demander compte de votre jugement; et les seigneurs assemblés ici, comme tous les autres sujets fidèles de Sa Majesté, vont se retirer paisiblement, et attendre que nous avisions, de concert avec les hommes les plus prudens de la ville, aux moyens de faire rendre justice, et de donner toute satisfaction aux amis de l'ordre, du roi et de la religion.

Le regard suppliant du bon vieillard invitait Matias à répondre affirmativement : c'était un moyen assuré de dissiper l'orage qui grondait autour d'eux; il le croyait du moins. Mais Matias était inaccessible à la frayeur. Il commençait à répondre, un bruit épouvantable couvrit soudain sa voix; la populace répandue dans la cour perçait les airs de l'affreux cri de mort : *muera! muera!* un mouvement extraordinaire l'agitait : tous les regards se fixèrent sur ce point; et des fenêtres du salon, ouvertes dans toute sa hauteur, on aperçut au milieu d'un groupe de furieux le malheureux Perez sanglant et déchiré, que des moines défendaient courageusement au péril de leur vie, contre les coups de cette exécrable canaille; Isabel et Eléna leur tendaient les bras, du haut du balcon, et les imploraient à grands cris.

— Volons à son secours, s'écria Matias, cet homme est innocent; je connais le coupable.

Toutes les voix s'élevèrent à la fois: Quel est-il? nommez-le?

— C'est moi : je suis Mariano; voilà ma mère et ma sœur.

L'horreur avait glacé les sens des spectateurs : Je suis Mariano, répéta-t-il au peuple assemblé dans la salle; rassasiez-vous de mon sang, mais épargnez celui de cet infortuné.

Dona Isabel était tombée évanouie dans les bras d'Eléna, qui ne s'occupait plus que d'elle, et don Matias s'avançant sur le balcon, criait à haute voix au peuple forcéné qu'il était Mariano, et que

lui seul méritait les coups dont sa barbarie accablait une innocente victime. Les
mutins rassemblés dans le salon faisaient
effort sur la ligne de moines qui les con-
tenait, et déjà ils s'animaient au meurtre
par les mots sinistres d'assassin et de juge
prévaricateur ; l'évêque aussitôt tombant
à genoux, s'écria d'une voix éclatante :
Invoquons les lumières d'en haut.

Tous les moines imitèrent ce mouvement ; les factieux étonnés s'arrêtèrent ;
le prélat entonna le premier verset du
Veni Creator, auquel les religieux ré-
pondirent par le second. L'évêque se relevant alors, les yeux baissés, les mains
jointes devant la poitrine, s'avança droit
vers ces hommes, en continuant l'hymne
sacrée ; les moines chantant avec lui, les
pressaient sur tous les points vers la
porte qu'ils furent contraints de franchir,
et que les juges se hâtèrent de fermer et
de barricader solidement en dedans ; une
partie des pères restèrent dans l'antichambre, pour en former la garde exté-

rieure ; les autres, précédant l'évêque, continuaient à chasser devant eux cette troupe imbécile, qui suivait machinalement l'impulsion, par respect pour les chants religieux qu'elle craignait d'interrompre.

Une scène non moins extraordinaire se passait au même instant dans la cour. Là aussi les moines triomphaient de la fureur populaire. Ils avaient désiré que la masse des habitans se déclarât énergiquement en faveur de leur cause; mais en déchaînant l'hydre, ils pensaient seulement à jeter l'effroi parmi leurs ennemis, et ne s'étaient point promis de la repaître de sang. Ils étaient donc parvenus à protéger Perez contre ses assassins, qu'ils tenaient à distance, quand on vit de loin venir le père Fray Bartolomé, gardien des Récollets, homme également remarquable par sa taille gigantesque, et renommé pour la sainteté de sa vie. Il était suivi d'un hiéronymite du couvent del Parral de Ségovie, et marchait fendant

la presse à grands coups d'un énorme ro-
saire terminé par une croix de fer. La
populace ne répondit à cette brusque ag-
gression qu'en s'éloignant respectueusement, et chacun s'efforçait de se rappro-
cher ensuite par derrière, pour baiser le
bas de sa robe. Ceux qui ne pouvaient
réussir qu'à la toucher en évitant le redoutable chapelet, baisaient du moins
avec amour leur propre main ainsi sanc-
tifiée. Fray Bartolomé s'avança rapidement jusqu'à l'endroit où Perez à genoux
tremblait à chaque instant d'être déchiré
par les anthropophages qui hurlaient autour de lui.

— Éloignez-vous, impies, cria Bar-
tholomé d'une voix foudroyante, et ne
souillez pas la cause de Dieu par une
atrocité qu'il réprouve. Bêtes féroces al-
térées de sang humain, que voulez-vous?
Si cet homme est coupable, les juges
manquent-ils à l'Espagne, et les bour-
reaux aux juges? Si le crime est douteux,
est-ce à vous à sonder ce mystère téné-

breux? avez-vous assez de lumières pour
trancher la question? Et si le crime était
supposé, si l'homme était innocent,
malheureux!..... L'enfer aurait-il assez
de tourmens pour vous payer le prix de
vos fureurs? Eh bien, chrétiens qui m'é-
coutez, reconnaissez le doigt de Dieu
dans l'évènement que je vous annonce:
je viens de recevoir la preuve de l'innocence de l'accusé. La voici, dit-il en ren-
forçant encore sa formidable voix, et en
élevant en l'air un papier qu'il prit des
mains du religieux de Saint-Jérôme, voici
l'aveu d'Isidro Arénal, au lit de mort,
il justifie Mariano : gloire à Dieu!

Gloire à Dieu, répétèrent ensemble
les deux religieux!

— Gloire à Dieu, répondit l'évêque
en s'avançant à la tête de son cortége de
prêtres.

Le gardien des Récollets se porta au devant du prélat, et après lui avoir baisé
la main, il lui remit la lettre d'Isidro,
que l'évêque lut tout haut. Gloire à Dieu,

répéta l'excellent homme avec un élan
d'ardente dévotion, le ciel bénit l'église
de Valladolid, en permettant que son
clergé proclame aujourd'hui les arrêts
de sa clémence, et serve d'instrument à
sa divine justice. Mes enfans, que de
crimes sa bonté nous épargne! Mariano
est innocent, et cet homme n'est point
Mariano!

— Bénie soit la mère des anges! s'é-
cria Dona Isabel. Tout le monde tourna
les yeux de son côté, et l'on vit avec
attendrissement cette heureuse mère à genoux entre son fils et sa fille sur le balcon du président. Eléna et le véritable
Mariano l'aidaient à se relever, en lui
prodiguant les plus tendres caresses,
mais elle, les yeux constamment élevés
vers le ciel, ne paraissait occupée que de
la pieuse reconnaissance dont son cœur
était pénétré pour tant de bienfaits ines-
pérés de la bonté divine.

En ce moment on entendit le premier coup de l'angélus, que sonnait la

cloche voisine du grand couvent de Saint-
Paul des Dominicains. L'évêque se tou-
cha doucement la poitrine, en commen-
çant l'oraison accoutumée ; le peuple,
selon son usage, se frappa de grands
coups en murmurant la même prière, et
ce bruit général, d'abord assez élevé,
allait s'affaiblissant jusqu'à la fin du premier verset. Un second et un troisième
tintement renouvelèrent deux fois cette
scène ; puis le prélat, soulevant le bras,
bénit la multitude, qui fléchit les genoux
devant lui, tandis que quelques moines
reconduisaient sans obstacle Perez à la
prison. Les autres exhortant doucement
le peuple à retourner à ses travaux, en-
traînèrent hors de l'enceinte cette foule
revenue de son enivrement, et mainte
nant soumise et repentante.

CHAPITRE VIII.

Nunc est bibendum, nunc pede libero
Pulsanda tellus . . . . .

HORACE.

Amis, c'est maintenant qu'il faut boire à plein verre.
Venez : c'est aujourd'hui qu'il faut frapper la terre.
D'un pied libre et joyeux.
Enfin, voici le jour des festins délectables ;
Venez, ô mes amis ! venez oruer vos tables
Et les autels des Dieux.

Traduction du comte DARU.

On se rappelle que la nuit où don Félix fut surpris en bonne fortune sous le balcon de Matilda de Canizarès, il avait reçu dans l'obscurité, du bras vigoureux de Paco, des coups peu mesurés dont l'orage était tombé principalement sur sa tête. Depuis cette époque, le pauvre corrégidor éprouvait de violentes douleurs dans cette partie cruellement lésée. Mais il répugnait tellement à en faire connaître la cause, qu'il ne s'en ouvrit pas même à son chirurgien. Le mal s'ac-

crut bientôt au point d'allumer dans le
sang du blessé une fièvre violente, dont
les progrès étaient déjà très-alarmans,
quand les premiers triomphes de Perez
ajoutèrent les tourmens de l'envie aux
souffrances physiques de Félix. Les
railleries piquantes, les mortifications
qu'il essuya quelques jours après à Saint-
Ildefonse, et ensuite au Parador devant
don Juan et ses jeunes amis, exaspérè-
rent son âme d'ailleurs étroite et vile, que
les menaces inconsidérées de Perez ache-
vèrent d'embraser d'un désir passionné
de vengeance.

C'est au moment où l'irritation était
le plus violente, que le hasard lui livra
les papiers de dona Isabel ; il eut le temps
de les examiner, de reconnaître l'importance de la lettre d'Isidro, et de la soustraire, tandis que l'alguasil, chargé d'arrêter le faux Mariano, le conduisait à
la tour de Ségovie. Après le départ de
Perez et de don Juan, la maladie, qu'il
avait bravée jusque-là pour mettre à fin

son entreprise, prit tout-à-coup un caractère mortel. Le médecin mandé con-
seilla pour tout remède de faire venir un
confesseur : on avertit celui de don Félix,
négligé depuis bien des années ; c'était
un hiéronymite du Parral. Il accourut
auprès de son pénitent, qu'il trouva déli-
rant ; cependant, après quelques jours, la
fièvre donna un peu de relâche au malade, et il put enfin faire au bon religieux
le honteux aveu de ses fautes, que la dernière dépassait toutes en énormité. Le
digne prêtre, frappé des conséquences
d'une action aussi condamnable, exigea
de Félix l'écrit duquel dépendait la vie
d'un accusé, et obtint de lui les moyens
de partir sans retard pour Valladolid,
afin de le restituer à don Mariano.

Tout fut disposé en peu d'heures pour
le départ du père hiéronymite, qui se
hâta d'obtenir la permission de son supérieur, et se rendit ensuite à l'Alcazar,
où il demanda la faveur de voir les
sœurs d'Isidro. Les soins que la mère

du gouverneur continuait de prodiguer à Catalina n'étaient pas sans succès, et son âme commençait à se calmer en même temps que sa maladie. Le religieux fut introduit auprès d'elle par Luisa; l'une et l'autre reconnurent les caractères tracés par leur frère, dont on avait conservé beaucoup d'écrits dans la famille. Le bon moine tira le plus heureux parti de l'attendrissement causé par la lettre d'Isidro, et sa douce éloquence les détermina bientôt à signer le désistement de l'action intentée en leur nom contre Mariano.

En dépit de toute sa diligence, nous avons vu que le religieux de Saint-Jérome n'arriva qu'au moment précis où sa présence était indispensable pour dénouer le drame de la chancellerie de Valladolid. Dès que la foule fut écoulée, il suivit l'évêque jusqu'à l'appartement du président, auquel il remit la lettre d'Isidro Arénal et la déclaration de ses deux sœurs. Don Joseph pressa le vénérable prélat dans ses bras et lui attribua l'heu-

reuse issue de cette terrible scène; mais le
pieux vieillard rapporta tout à Dieu, bénit
de nouveau l'assemblée, et se retira suivi
de tout son clergé. Le président fit mettre
sa voiture à la disposition de dona Isabel
et de sa fille, qu'il voulut reconduire avec
honneur jusqu'au bas de son escalier. Il
prit respectueusement congé des dames
après avoir embrassé, les larmes aux
yeux, son cher don Mariano, dont il par-
tageait le bonheur.

Le calme venait enfin de renaître dans
la ville. Le comte de Mansilla et son fils,
qui avaient subi une espèce de siége dans
leur maison, libres enfin d'en sortir, se
hâtèrent de se rendre à la demeure de
dona Isabel. Ils arrivèrent au moment
où la voiture du président s'arrêtait à la
porte ramenant l'heureuse famille; on
peut juger des transports de joie qui si-
gnalèrent cette réunion. Le ciel s'ouvrait
devant Fernando. Que de biens à la fois!
Il trouvait dans son meilleur ami, le frère
d'Eléna, et rien ne s'opposait plus à la

double union qui devait mettre le comble
à la félicité de tous les êtres qu'il chéris-
sait le plus.

Don Mariano fit agréer au président
don Joseph de Grégenzan sa démission
de l'emploi d'alcade criminel ; et dès le
lendemain, à la pointe du jour, il reprit
avec sa famille et ses amis la route de
Ségovie, où leur bonheur s'accrut encore
de celui de la comtesse et de Térésa.
Toute la ville partagea leur ivresse. Ce
fut un surcroît de douleur pour l'envieux
don Félix, et ce dernier coup achevant
d'affaiblir ses organes déjà troublés par
le bâton de Paco, le corrégidor perdit
tout-à-fait la raison : il fallut le mettre à
l'hôpital des fous.

Perez fut moins heureux : il conserva
toutes ses facultés pour souffrir davantage de sa dégradation, et fut condamné,
comme faussaire, à plusieurs années de
travaux dans les *présides* (d) d'Afrique ; il
y termina sa vie dans la misère et dans l'ab-
jection. Catalina, rendue à la santé par

les soins de la mère du gouverneur de l'Alcazar, voulait prendre congé de sa noble protectrice et se retirer avec sa sœur dans un couvent; mais cette dame n'y voulut jamais consentir. Don Carlos de Villalba joignit ses instances à celles de sa mère; la société de cet aimable jeune homme ne contribuant pas peu à dissiper la noire mélancolie de la belle convalescente, elle oublia bientôt ses idées de retraite et de couvent. La douce amitié qui s'établit entre ces jeunes gens les conduisit à un sentiment plus tendre. Catalina crut avec raison que ses malheurs ne la rendaient pas indigne de l'amour d'un honnête homme; et cédant aux vœux de la mère et du fils, elle devint la femme de don Carlos. Quelques jours après son mariage, le jeune militaire fut promu à un grade supérieur, et reçut le brevet d'un commandement de la plus haute importance. Il répondit à cet outrage en adressant directement au favori la démission de son emploi et de son grade militaire;

et renonçant à toute ambition, il se retira loin de la cour avec sa mère et Catalina, et jouit d'un bonheur pur et inal-
térable, avec ces êtres chéris, au sein
d'une douce médiocrité. Luisa fit une alliance aussi belle et non moins heureuse.

Mansilla, désabusé des froids plaisirs
de l'orgueil auxquels il attachait auparavant une si sotte importance, apprit enfin à rougir de cette infirmité de son esprit, et s'étonna de n'avoir pas compris
plutôt qu'elle provenait du vide de son
cœur. En effet, les regrets insensés qu'il
y nourrissait depuis plus de vingt ans en
avaient banni les sentimens d'affection
qu'il devait à son excellente femme et à ses
enfans. Il leur rendit la place qui leur
y était due à tant de titres; la tendresse
conjugale et l'amour paternel le comblè-
rent de leurs délices. La comtesse, heu-
-reuse enfin dans sa maison, en interdit
l'entrée à l'hypocrite don Ignacio. Elle
s'affranchit du joug de ce directeur, tyran de sa famille, et rendit toute sa con-

fiance à l'époux qu'elle n'avait pas cessé
d'aimer ; elle devint bientôt aussi aimable
qu'elle était bonne. Le nouveau comte
de Villamayor avait besoin d'aller solliciter à la cour l'appui du ministère pour
rentrer en possession des biens de son
père ; et comme le roi venait de repartir
pour Madrid, les deux familles se déci-
dèrent à fixer leur séjour dans la capitale.
Les amis que don Mariano s'y était faits
sous le nom de Matias le servirent avec
dévouement, et il obtint sans trop de
lenteurs la justice qu'il réclamait. Son
héritage était considérable, et ce fut une
douce jouissance pour lui que de pouvoir acquitter la dette d'amour, de tendres soins et de reconnaissance qu'il avait
contractée depuis tant d'années envers sa
bonne mère, si long-temps malheureuse
par lui. Il la logea magnifiquement, l'en-
toura de tous les biens que donne l'o-
pulence, mais surtout il ne la quitta plus
jamais.

Peu de mois après l'établissement des

maisons de Villamayor et de Mansilla
dans Madrid, Fernando reçut la main
d'Eléna, le même jour où sa sœur
épousa don Mariano; on célébra par
de grandes réjouissances ces unions bé-
nies du ciel, et dont jusque aujourd'hui
la douce félicité n'a pas été troublée. Et
parmi ces fêtes, la belle Mexicaine, toute
resplendissante de clinquant, semblait
avoir épuisé d'or et d'argent les mines
du nouveau monde pour faire honneur
à sa maîtresse.

NOTES.

(PAGE 26.)

(a) *Sereno* ne peut pas être traduit littéralement en
français; c'est le *Watchman* des Anglais, dont l'équivalent demande aussi une périphrase dans notre langue.
Ces deux mots, qui signifient la même chose, désignent
un crieur de nuit chargé de veiller au feu et d'annoncer
l'heure. En Espagne, ils disent le temps qu'il fait, et
comme à Madrid le ciel est habituellement serein, leurs
cris se terminent presque toujours par les mots *y sereno*;
de-là le nom qui leur est resté; ces cris lugubres, plain-
tifs, monotones se succèdent incessamment et troublent
le sommeil; ils sont insupportables aux étrangers.

(PAGE 82.)

(b) Le supplice du *garrot*, réservé aux nobles, n'a point
l'appareil horrible du gibet, et n'offre pas le spectacle
sanglant des exécutions en France. Sur un échafaud
d'une hauteur médiocre, s'élève un poteau contre lequel
on fait asseoir le criminel sur une étroite escabelle. Au
même instant on lui ajuste au col un carcan qu'un seul
tour de manivelle resserre contre le poteau, en étran-
glant rapidement le patient.

Sous l'empire de la Constitution, le garrot était le
seul genre de mort applicable indistinctement à tous les
condamnés non militaires; mais le pouvoir royal a ré-
tabli la potence pour la roture, en attendant que l'inqui-
sition relève ses bûchers pour tout le monde.

(PAGE 104.)

(c) On montre aux étrangers qui visitent l'Alcazar de
Ségovie les traces de ce prétendu coup de foudre, qui
présente en effet les apparences décrites dans cet ou-

vrage. Le nom de *el sabio*, donné au roi Alonso X, ne
signifie pas *le sage*, comme on le traduit ordinairement;
il veut dire aussi *le savant*, et c'est là le sens du surnom
que l'histoire lui a conservé. Ses tables astronomiques,
encore appelées de son nom, les tables alphonsines, lui
mériteraient seules ce titre, auquel une foule d'autres tra-
veaux lui donnent également des droits. Ses connaissan-
ces, fort étonnantes pour le temps où il vivait, ne s'éten-
dirent pas au point de lui révéler les véritables lois de la
mécanique céleste; mais le cours des astres, tel que l'ex-
pliquait le système de Ptolomée, alors universellement
adopté, présentait à ses regards observateurs des contra-
dictions et des incohérences choquantes : c'est cette remarque d'un esprit supérieur à son siècle qui motiva
l'innocente plaisanterie qui, selon les Espagnols, aurait allumé le courroux de Dieu.

Alphonse, contemporain de Saint-Louis, mourut
en 1284. Au milieu des agitations de tant de guerres civiles et étrangères, et parmi les mouvemens d'une ambition qui l'éleva jusqu'à la dignité d'empereur, ce prince
trouva le temps nécessaire à l'étude des sciences, et le
loisir qu'exige le commerce des muses. Il faisait des vers,
qu'il se plut à charger d'une lourde érudition, et dans
lesquels il fit même entrer les préceptes de l'alchimie. A
l'entendre, un sage égyptien, exprès venu d'Alexandrie,
lui en avait révélé les mystères, et même il tenait de
lui le secret de la pierre philosophale, qui souvent l'a-
vait aidé à grossir son capital.

> La piedra que llaman filosofal
> Sabia facer a me la ensenó;
> Fizimos la juntos, despues solo yo
> Con que muchas veces creció mi caudal.

Il est fâcheux qu'Alphonse X n'ait pas transmis ce

grand secret à ses successeurs, pour la garantie des
trente-quatre millions dus à la France par le Gouvernement espagnol. Faute de cette utile ressource pour l'a-
mortissement d'une dette publique épouvantable et qui
va toujours croissant, il est à craindre que ses embarras
financiers ne l'obligent à recourir à la bourse des juifs,
sans pourtant renoncer au droit légel de les faire brûler
vifs. Quelle pitié que les stupides conseillers, dont l'influence dirige l'administration de ce malheureux pays,
soient incapables de comprendre que la véritable pierre
philosophale des gouvernemens se compose de deux élémens fort simples, l'ordre et la bonne foi. On obtient
ainsi le crédit, et par ce moyen, la richesse. Mais ces
idées sont trop communes pour de si grands génies.

(PAGE 215.)

(d) Le mot espagnol *presidio* se traduit ordinairement
par *galères*, quand il est question du jugement d'un criminel; mais il signifie seulement un lieu de garnison.
L'on désigne par ce terme les forteresses que l'Espagne
occupe sur la côte d'Afrique, et où les condamnés chargés de chaînes sont employés aux travaux publics. Nous
manquons du mot équivalent. Les journaux ont adopté
celui de *préside*, qui n'est pas français; on s'en sert ici
faute de mieux.

ERRATUM.

P. 94 L. 5 — révélation — lisez : relation

TABLE DES CHAPITRES

CONTENUS DANS CE VOLUME.

>●◄

FIN DE LA TABLE DU CINQUIÈME VOLUME.

www.ingramcontent.com/pod-product-compliance
Lightning Source LLC
Chambersburg PA
CBHW061457030726
47503CB00005B/1748